GRAN
ANGULAR

Violines eléctricos

ANNA MANSO

sm

fundación sm

La Fundación SM destina los beneficios de las empresas SM a programas culturales y educativos, con especial atención a los colectivos más desfavorecidos.

Si quieres saber más sobre los programas de la Fundación SM, entra en **www.fundacion-sm.org**

LITERATURA**SM**•COM

Primera edición: marzo de 2025

Dirección editorial: Berta Márquez
Dirección de arte: Lara Peces
Coordinación gráfica: Eduardo Nacarino
Cubierta: Nagore Odriozola

Impresores, 2
Parque Empresarial Prado del Espino
28660 Boadilla del Monte (Madrid)
www.grupo-sm.com

ISBN: 978-84-1182-928-1
Depósito legal: M-3034-2025
Impreso en España / *Printed in Spain*

El papel utilizado para la impresión de este libro está calificado como papel ecológico y procede de bosques gestionados de manera sostenible.

Para Pol y Nil, mis chicos, els meus nois.
Os quiero tal y como sois.

1

Linus no es normal. Siempre lo ha sabido. Pero lo que le ha ocurrido esta noche lo condena de por vida al territorio de los raros, de los extraños. De los monstruos.

Hasta ahora nunca se ha rebotado con la realidad. O no demasiado. La ha observado, ha aceptado que no podía cambiarla y ha continuado viviendo. Le da pereza hablar de lo que le bulle por dentro. Es de los que piensan que hablar está sobrevalorado y no le ha contado a nadie que lo ha pasado mal por ser el bajito de casa, de la clase, de los amigos y de todas partes. Que haber tenido que esperar a cumplir quince años para pegar el estirón ha sido casi insoportable.

Se ha pasado mucho tiempo paseando por consultorios médicos en los que se ha sentido un mono de feria cada vez que le han medido, auscultado y revisado de arriba abajo. Incluso le han hecho radiografías de la muñeca para determinar si su crecimiento era normal. Y en teoría lo era, pero no crecía. O no lo hacía al ritmo que lo hacía el cuerpo de sus amigos. Cuando le preguntaban, respondía que no le importaba no ser alto, a él, un chico con un padre alto y una tía y un abuelo igualmente altos. Y hacía como que no se daba cuenta de que esa expresión, «no ser alto», era puro disimulo para evitar pronunciar algunas palabras tan aterradoras como «bajo» o «bajito».

Hasta hace poco tenía asumido que le habían tocado en herencia los genes de la familia de su madre, todos ellos individuos de altura reducida, a pesar de que sus rizos pelirrojos son exactamente iguales que los rizos del abuelo Juan, padre de su padre, aunque el abuelo ya los tiene completamente blancos.

El fantasma del tío Marcos, su padrino, un retaco de metro y medio, lo ha asediado millones de veces.

–El tío nunca ha tenido problemas para ligar. Y a la tía no le importó que él fuera más bajo que ella –le ha recordado su madre cada vez que ha sospechado que el tema le angustiaba.

Y le ha angustiado, tan solo que a Linus no le ha dado la gana admitirlo. Porque negarlo ha sido lo único que le ha permitido no sentirse una mierda. Hacerse el fuerte. Vivir como si aquello no fuera real. Hacer como que no se daba cuenta de que el patriarcado siempre lleva las de ganar. Porque por mucho que Brenda se quejase de la idea absurda y machista que da por sentado que los chicos deben ser más altos que las chicas, la propia Brenda, tan feminista y empoderada, tan antipatriarcal, ha terminado colgándose de Juanda, Juan Daniel, que a los trece años ya medía metro ochenta, y a Linus le ha seguido considerando uno de sus mejores amigos y basta.

Sabe que ese «basta» es injusto. Se conocen desde que a los ocho años se sentaron juntos en el autocar que los llevaba de campamento de verano y se pasaron los diez primeros minutos berreando y llorando a lágrima viva porque no querían separarse de la familia. Hasta que Brenda le miró y le soltó la que fue su primera frase de amor:

–Se te está cayendo un moco.

Hacía pocos meses que Brenda había llegado de Perú y se había instalado en Barcelona, y era la primera vez que iba de campamento. Y Linus detuvo el llanto y observó estupefacto cómo la niña se quitaba la camiseta de color rojo y le secaba la cara con ella. Y él, sin saber muy bien por qué, hizo lo mismo con su camiseta de color amarillo. Y empezaron a reír y no dejaron de hacerlo y durante los días que compartieron haciendo el animal por la montaña se convirtieron en inseparables, y los otros niños empezaron a cuchichear sobre si eran novios. Hasta que los monitores les soltaron un discurso sobre la estupidez de sexualizar una relación de amistad entre un niño y una niña, tan natural y bonita.

Aquella noche, mientras descansaban metidos en los sacos como larvas de alguno de los insectos que les acribillaban las piernas durante el día, Brenda le preguntó qué significaba «sexualizar».

–Ni idea, pero es malo –respondió Linus.

–¿El sexo?

–No, eso que han dicho.

–A mí me parece que los monitores quieren decir que somos amigos y que no hacemos sexo, como los novios.

A Linus la respuesta le gustó y, desde ese momento, la consideró la niña más inteligente, aparte de la más divertida y la más dulce que había conocido jamás. Solo ella sabía que por la noche le atacaba una punzada de añoranza salvaje, y siempre dormía a su lado y le cogía de la mano y le hacía reír soltándole la misma broma día tras día:

–A la de tres, uno, dos y... ¡Pedo!

Ambos se tiraban un pedo y se partían de risa y Linus se olvidaba de aquel aguijonazo en el estómago que le provocaban la oscuridad y la lejanía de su pequeño mundo. Era el único que lo pasaba mal. Brenda no volvió a pensar en su madre ninguno de los días. Ninguno de los demás niños echaba de menos a su familia. Solo Linus. Y ya entonces empezó a mentir y a decirle a los monitores que no pasaba nada. Porque no quería que pasara nada. Y decirlo, inventarse que por las noches estaba bien, era una forma de hacerlo real. Pero no lo era. Dormirse era un sufrimiento. Y por eso agradecía tanto la proximidad de Brenda y la delicadeza que tenía la niña ayudándole sin la necesidad de someterle a un interrogatorio sobre sus sentimientos.

Nunca ha sido normal. Pensaba que con su metro setenta y cinco recién estrenado por fin había logrado serlo (y eso que le han asegurado que aún le falta por crecer). Pero no lo es. Ha crecido muy rápido y se siente raro. A veces pasa junto a un mueble y se choca porque todavía no controla los nuevos límites de su cuerpo. Y su padre, que durante su turno de custodia –todos los miércoles, un fin de semana de cada dos y los quince días de julio y agosto– nunca llegó a comentarle nada sobre su baja estatura, ahora no para de tomarle el pelo.

–Eh, chaval, ¿tendré que llevarte a reeducación de psicomotricidad como a tu hermana, o qué?

Tomás tiene una hija con Miriam, su nueva pareja, una estilista de moda que trabaja en la misma televisión donde él hace de cámara. A Linus le gusta Miriam. Todo se lo toma por el lado bueno y tiene ideas extravagantes como el nombre de su hermana, Isolda, una niña de siete años simpática y risueña que, por culpa de no haber gateado de pequeña, ahora escribe con una letra ininteligible.

–Linus, flipa, tengo que gatear como un niño pequeño. Es la bomba.

–¿Y eso para que escribas mejor?

–Y yo qué sé. Pero es *díver*.

Linus quiere a Isolda, entre otras cosas, porque Isolda le adora, y él la adora por quererle tanto. Se ven poco y casi todos los días la niña le manda notas de voz a través del móvil de su padre, y fotos de dibujos o de una frase escrita por ella con una letra especialmente bien hecha. O fotos de cacas de perro. Entre ellos tienen una extraña competición diaria por ver quién encuentra la caca de perro más grande y asquerosa. Cuando su padre se queja de que está harto de que le invadan el móvil de mierda, empiezan a utilizar el móvil de Miriam como canal de comunicación, hasta que la mujer se cansa y vuelven al teléfono de Tomás.

Isolda es otro de los motivos por los que Linus siente que no acaba de encajar en el mundo. Le encanta estar con ella. Ver juntos películas de dibujos cursis y hacerla reír cuando llora de pena porque el padre de alguno de los personajes muere; contarle cuentos con un *skate* galáctico de protagonista; cogerla en brazos medio dormida las noches que le hace de canguro y sentir el peso de su cuerpo y el tacto de sus pequeñas manos en su cuello abrazándolo. ¿A quién puede contarle que su hermana le despierta una ternura infinita? Quizá lo compartirá algún día con Brenda, pero se supone que la ternura hacia una hermana pequeña no es normal cuando eres un chico y tienes quince años. Quizá para una chica sí, pero no para un chico.

Y no solo le ha costado sentirse normal por su baja estatura y el amor hacia su hermana pequeña, también está su aversión a las películas de terror y su afición por los pódcast de historia. Y la pereza que le provoca hacer deporte, salvo ir con el *skate* o de excursión en verano, y de campamento. Después está el tema del alcohol. Linus sabe que debería beber al ritmo que lo hacen sus amigos, pero no quiere volver a vivir el terrible malestar en el cuerpo de su primera y única borrachera. Sufrió un mareo bestial y eterno que le ha dejado un recuerdo traumático. Su madre le había dado permiso para celebrar su catorce cumpleaños en casa, a solas con sus amigos hasta la una. Un rato antes de la hora límite, quiso bajar a la calle para tirar las botellas vacías de alcohol al contenedor de la basura, pero había bebido demasiado y casi no podía ni andar. Intentó avanzar entre una alucinación de paredes y muebles moviéndose, pero fue incapaz. Se tumbó en el suelo, cerró los ojos y lo siguiente que recuerda fueron las manos de Reme sacudiéndole. Su madre no paró hasta que logró espabilarle y, al abrir los ojos, Linus comprendió que estaba perdido. No hizo falta que confesara. El vómito, la camiseta machada de aquella horrible bebida verde que juró no volver a probar nunca jamás, y las botellas medio vacías en la mochila abierta junto a él fueron suficientes.

Tuvo la dignidad de no delatar a sus compañeros de borrachera. Muchos de ellos se habían largado, pero en el sofá del comedor, Silvio y Menta dormían en un estado lamentable. Linus juró que solo él había bebido y que el aspecto espantoso de los demás se debía a que se habían empachado de comida basura. Su madre los echó de casa, mandó un mensaje de WhatsApp a las familias de Silvio y Menta contándoles lo sucedido e informó a Linus de que no volvería a dejarle la casa durante una larga temporada, aunque fueran pocas horas.

–Eres una chivata. No hacía falta que se lo contaras a sus padres.

–Si llegan a enterarse de lo que ha pasado y que no les había dicho nada, me habría metido en un buen un lío. Sois menores de edad. Soy maestra de primaria y sé de lo que hablo. Hay padres muy estrictos, Linus. No quiero problemas.

–La única madre estricta eres tú.

–A partir de ahora, ni te lo imaginas. Se te acabó eso de la Reme enrollada. ¿O no te has fijado en que soy la única que le ha dejado la casa a su hijo para celebrar una fiesta? ¿Y qué haces mientras me quedo en casa de Sandro para no molestar? ¡Pillar una cogorza! ¡En mi casa! ¡Tienes catorce años! Menos mal que no te he hecho caso y no me he quedado a dormir. Cuántas veces te he contado que Sandro...

–Ya lo sé, mamá: Sandro ha visto la tira de adolescentes en coma etílico en urgencias del hospital.

Reme se había cabreado, y mucho. El chico le había insistido para que confiara en él y esa noche durmiera en casa de Sandro, su pareja, un enfermero aficionado al *running* con quien lleva años manteniendo una relación, aunque cada uno vive en su casa. Reme había estado a punto de decirle que sí, pero a última hora se había echado atrás. Linus hizo venir a todo el mundo muy temprano, y el ansia de quemar el tiempo como una traca de petardos de la verbena de San Juan les había jugado una mala pasada, y la fiesta y el alcohol se les habían ido de las manos. Reme estaba dolida y a Linus le supo mal haberle fallado. Pero no se lo dijo. Demasiado esfuerzo, pensó. Ya lo debe saber, se dijo. No era la primera vez que metía la pata. Meses antes de la fiesta, su madre se enteró de que había probado los porros y el tabaco y le cayó una buena bronca. Con la borrachera había conseguido llegar al límite de la cuota de decepciones maternas, y decidió que no volvería a pasar por ello. Ahora solo bebe una cerveza y muy de vez en cuando, y no es solo por el recuerdo del malestar físico; también por los remordimientos y las ganas de no volver a provocar esa mirada de cansancio y tristeza en su madre que tanto daño le hizo. Pero esto último no se lo ha confesado ni a Brenda, la única con la que se permite abrirse un poco. Ella sí sabe, por ejemplo, que si no ha tomado ninguna pastilla de las que empiezan a correr por las noches de botellón, es porque teme volver a perder los límites de la conciencia con una sustancia que no sabe ni lo que lleva ni lo que puede provocar.

No, no es normal, y hasta la fecha lo ha aceptado. Pero todo ha cambiado, y de forma inesperada y terrible.

El sábado tuvo un accidente con el *skate*. Cayó mal saltando desde arriba la escalera que da a una plazoleta, y desde entonces no se encuentra bien. Silvio y Menta se asustaron, pero se levantó sin nada roto, tan solo con un dolor muy fuerte en la zona del coxis y la tabla de su nuevo *skate* agrietada. Linus decidió evitar un nuevo conflicto en casa y callar. Hacía poco que había vuelto a suspender Catalán y Castellano, y también Matemáticas, y su madre se lo había tomado fatal.

–Trabajo de maestra de primaria y no te da la gana que te ayude. Y tampoco te da la gana leer. ¡Ni estudiar! Te obligaré a escribir todos los días y te corregiré, aunque no te guste. Por no hablar de las Matemáticas. ¡Decías que las tenías controladas! ¡Estudiarás de una puñetera vez, porque no has suspendido más asignaturas de milagro!

–Mamá, ¡no soy un niño de primaria!

A Linus el grito le había salido sin que pudiera evitarlo. Se considera alguien pacífico, pero cada vez lleva peor que le digan lo que debe hacer.

–Vale, pues te apuntaré al Aula del Estudiante, con Carme.

–¡Ni hablar!

–No te lo estoy consultando, te lo estoy notificando.

El Aula del Estudiante es un local con mesas, ordenadores y profesores particulares dispuestos a ayudar a los adolescentes caóticos, dirigido por Carme, una de las mejores amigas de Reme. Linus hace tiempo que sabe que terminará yendo, pero ha intentado alargar el momento de empezar. Se le hace cuesta arriba ponerse a estudiar en serio. Silvio, Menta y él son los fundadores del club de los gandules, el CDG, y hasta se han inventado un eslogan: «Por un mundo sostenible, haz el mínimo esfuerzo». El presidente es Menta, que en realidad se llama Raúl. Menta luce su nombre como una medalla al más gandul de todos. Se la ganó masticando un mismo chicle de menta durante una semana seguida por pura pereza de tener que sacar otro chicle del paquete. Ahora Linus tendrá que abandonar el club, aunque sea de manera metafórica, porque su madre insiste en convertirlo en un estudiante ejemplar. Pero se está resistiendo.

Ha iniciado una guerra de silencio. Siente que debe rebelarse, aunque sea mínimamente. Reme hasta ahora le ha respondido con un ademán sereno, simulando que no le afecta que Linus no le hable. El resultado es un ambiente eléctrico y extraño, y cuando el sábado sufrió el accidente, no quiso tensar la cuerda contándole que había hecho el bestia con el *skate* y que casi se lo carga, además de haber estado a punto de partirse la crisma. Total, se dijo, fue una tontería. No tenía nada roto ni dislocado. Pero han pasado los días y el dolor no le ha disminuido; por el contrario, ha ido en aumento. Hasta esta noche.

Ha tenido una pesadilla en la que aparecía cayendo al vacío en una especie de túnel infinito montado en el *skate*, como si fuese Alicia en el país de las maravillas. Pero, a diferencia de Alicia, no terminaba de llegar a ninguna parte. Solo recuerda la sensación de caída infinita y el dolor. Se ha despertado sudado y con la certeza de que algo espantoso acababa de sucederle. Lo ha achacado a la pesadilla y se ha dormido de nuevo aprovechando que, de repente y de manera misteriosa, ya no le dolía nada.

Nada más levantarse, la ha notado. Una presencia extraña en el cuerpo que no ha sabido identificar. Pero no ha tardado en localizarla. Una protuberancia semirrígida en el coxis de unos diez centímetros. Alarmado, se ha mirado en el espejo del armario de su habitación y ha descubierto que le está creciendo una cola. Porque no parece una inflamación. Es una cola. Pequeña, incipiente, pero una cola. Una cola de animal. Una cola de monstruo.

Y ahora está aquí, sin saber qué hacer, aterrorizado, observando el pedazo de piel, carne y cartílago o quizá hueso, incapaz de procesarlo. Suda. Un calor intenso se apodera de su cuerpo y se nota el corazón desbocado. El estruendo de los latidos le resuena por todo el pecho. Respira, pero le cuesta y coge aire por la boca y lo expulsa mientras vuelve a echarle un vistazo al órgano misterioso. Mientras recupera la calma, piensa en contárselo a Reme, pero recuerda su guerra de silencio y se debate entre el orgullo y el miedo. Entonces le viene a la cabeza que mañana termina el primer trimestre escolar y que su madre hoy celebra la fiesta de Navidad en la escuela, y decide no estropearle el día. Y ahora que el corazón ha recuperado el ritmo de siempre, que puede respirar sin problemas y que no nota ningún dolor, también descarta llamar a su padre. Trabaja de cámara en una televisión y sabe que tiene grabación fuera de Barcelona y no quiere descuadrarle el día.

Se viste con una sudadera especialmente larga y decide ir al instituto y hacer vida normal. Quiere creer que al día siguiente, cuando se levante, aquello que ha llamado cola, pero que no puede ser una cola, habrá desaparecido o se habrá hecho más pequeño. Y sale a la calle convencido de que nada de lo que piensa va a pasar y que su vida ha vuelto a desencajarse. Y esta vez, quizá para siempre.

2

El día se le hace eterno. Sufre por si se le nota el bulto tras el pantalón y le cuesta estar atento a las explicaciones de los profesores –pesadas, largas, cansinas–, que no dejan de dar la lata pese a ser el penúltimo día del trimestre. Se pasa la mañana yendo al lavabo en cada descanso y comprobando con angustia que la cola todavía sigue ahí. Llega a dudar sobre si ha hecho bien en escondérselo a sus padres y, en un momento de crisis intensa, está a punto de llamarles, pero finalmente se echa atrás. Y cuando al mediodía terminan las clases, huye de la invitación de Silvio y Menta, que se han ofrecido para ayudarle a reparar la tabla del *skate*.

–Me toca hacer de canguro de Isolda.

No es verdad, pero tiene ganas de verla. Sabe que se distraerá y que la presencia de su hermana le ayudará a tranquilizarse, y eso es lo que necesita, y con urgencia, porque si se pasa la tarde en casa, sabe que la angustia volverá a aparecer y que quizá no pueda aguantar la tensión y termine contándoselo a su madre, y quiere evitarlo a toda costa. Prefiere esperar a mañana. Vive con la esperanza absurda de que, al levantarse, todo se habrá solucionado y no habrá hecho falta preocupar a nadie. Manda un mensaje a Miriam y quedan en que sea Linus el que vaya a buscar a la niña a la salida de la escuela. Miriam se alegra. Tiene hora en la peluquería para mantener su exigente corte de pelo, rapado por un lado y con media melena en el otro, y prefiere ir sola.

Cuando le ve, Isolda le recibe feliz e intenta darle un abrazo gigante que Linus detiene agarrándola de la mano. Quiere evitar que su hermana le toque el culo y le descubra. En casa ha vuelto a inspeccionarse por enésima vez, y se ha desesperado al comprobar que la cola ha crecido unos centímetros. Porque ahora ya no puede negárselo: es una cola. La ha tocado con angustia apenas unos segundos. Luego se ha mirado al espejo y ha respirado tranquilo al verse igual que siempre. Eso sí, su cara luce desencajada de espanto y ha ocultado los ojos tras unas gafas de sol con las que intenta disimular el cansancio por una noche de inquietud y pesadillas. El espejo le devuelve el aspecto del Linus de siempre. Solo que no es así.

–¡Vamos a jugar a la placita! –grita Isolda.

–Había pensado que podemos ir a casa y preparar chocolate caliente o lo que te apetezca de merendar. Si quieres, podemos comprar churros.

–¡Hala, sí! Y jugamos al juego de matar moscas.

–Bueno, ya lo hablamos luego.

A Linus la propuesta le agobia. Isolda se refiere a un juego de cartas en el que los jugadores deben actuar rápido y matar las cartas donde aparecen moscas cubriéndolas con cartas de matamoscas del mismo color antes de que lo haga el contrario. A pesar de su corta edad, Isolda es un rayo y siempre termina ganándole, y Linus acostumbra a ponerse de los nervios. Hoy ya carga con suficiente desasosiego en el cuerpo y espera despistar a su hermana con cualquier otro juego.

Se distrae preparando el chocolate y, por un rato, se olvida de todo. Isolda está muy parlanchina y recita una lista larguísima con el montón de regalos que pide para Reyes. Linus se apunta mentalmente decirle a su padre que él se queda con el regalo de la cámara submarina, y que necesita que le dé dinero para comprarla. Isolda no puede esperar a tenerla en verano cuando es su cumpleaños, porque la quiere utilizar para hacer fotos en la piscina donde va a nadar con su madre. Linus se alegra de haber venido. La ilusión de la niña por la llegada de los Reyes le ha ayudado a alejar el malestar y el miedo.

–No sé si te dejarán meter la cámara en la piscina. Con todo ese lío de los derechos de imagen y la privacidad, no puedes ir haciéndole fotos a la gente sin permiso.

–Mamá dice que sí, porque haremos las fotos el sábado por la mañana o el domingo, cuando no hay nadie, solo abuelos. Y que ya se lo ha preguntado a los socorristas que son amigos suyos, sobre todo Vane, y dicen que sí puedo si en las fotos solo salimos nosotras.

–¿Y yo podré ir y nos hacemos fotos?

–¡Sí! ¡Porfi, porfi!

Linus se relaja y comete un error: le dice que sí a Isolda y juegan a matar moscas. Linus se concentra todo lo que puede. Le sienta bien para no pensar en la maldita cola que vuelve a notar, y que sospecha que sigue creciendo. Y también porque, de repente, de no sabe dónde le nace una competitividad absurda que le impulsa a tratar de ganar a su hermana de siete años.

–Esta vez te voy a dar una paliza. Prepárate.

–¿Qué dices? Pero si eres un zoquete –lo pica Isolda, que hace poco ha aprendido la palabra y la suelta en cuanto tiene ocasión.

Linus calla y los hermanos empiezan a sacar cartas y a cubrirlas con gestos veloces, mientras lanzan exclamaciones de queja o de alegría dependiendo del resultado. Para sorpresa de ambos, Linus consigue ir un poco por delante, pero Isolda se concentra aún más y recupera velocidad. A Linus el corazón empieza a irle a mil por hora. Quiere ganar. Tiene que ganar. Hoy lo necesita. Destapan más cartas de moscas y siguen cubriéndolas con cartas de matamoscas. Y más cartas y más matamoscas, y así se están durante un buen rato, ahora ganando el uno, ahora ganando el otro. Y cuando llevan un buen rato empatados, Linus siente una punzada de rabia cuando Isolda consigue ganar una nueva mosca y grita entusiasmada, y reacciona destapando una nueva carta a toda velocidad. Al ver la imagen de una mosca de color azul, localiza entre sus cartas un matamoscas del mismo color, pero Isolda se le adelanta y con una carta exactamente igual logra zafarse de su hermano, que ya adelanta el brazo, y es ella quien cubre la carta de la mosca. Linus explota y le suelta un puñetazo en la mano mientras lanza un grito que le sale muy de dentro, de un espacio más allá del estómago, de un pozo negro y denso:

–¡Tramposa!

–¡Ay! ¡Tonto! ¡Me has hecho daño! ¡Eres idiota!

Isolda llora desconsolada mientras se frota la mano, como si el roce lograse hacerle pasar el dolor, y le devuelve una mirada de enfado e incomprensión.

–¡No he hecho trampas! –se queja la niña.

Por un instante, Linus la mira asustado, incapaz de reaccionar, como si no hubiese sido él el responsable de los lloros de su hermana. Pero son solo unos pocos segundos, hasta que toma conciencia de la situación y se le acerca para pedirle perdón y mirarle la mano. Pero a Isolda el enfado le puede y no permite que el chico le inspeccione la mano. Huye corriendo a su habitación y Linus vuelve a quedar paralizado y le invade una vergüenza viscosa que le embrutece. Desearía largarse. O aún mejor. Desearía que el tiempo fuese como un vídeo de YouTube para poder situar el cursor un segundo antes de golpear a la niña y pulsar la pausa y evitar el desastre. De ser así, dejaría que ganase, que Isolda lo celebrase por todo lo alto hasta que se burlase de su enésima derrota y todo estaría bien. No como ahora.

Fuerza su cerebro para pensar una solución y vuelve a la cocina y llena una taza con el chocolate que ha sobrado. Mira en la nevera y respira aliviado. Hay un espray de nata, y lo considera un buen augurio. Vierte un chorro largo y generoso dentro de la taza de chocolate y se dirige hacia la habitación de Isolda y, en lugar de entrar por las buenas, decide llamar a la puerta. La niña le responde con palabras como piedras.

–Vete. No quiero estar contigo.

Linus no le hace caso y abre la puerta poco a poco. La niña yace en la cama boca abajo, abrazada a su muñeco de peluche, una araña sonriente de color lila que ha bautizado con el nombre de Lina, en honor a su hermano.

–Te he preparado un suizo. Con nata. Porque, claro, si no es con nata, no es un suizo: es chocolate. Y le he puesto mucha nata.

Isolda no dice nada. Tampoco lo manda a la porra. Linus insiste:

–Mucha mucha nata. La tira de nata. Ni te lo imaginas.

Isolda sucumbe a la tentación del chocolate con nata y se sienta en la cama con la cabeza gacha. Linus le acerca la taza de chocolate.

–Ya ves. No lleva tanta nata.

–Ya me lo como yo si tú no quieres.

–Sí, hombre, y qué más.

La niña empieza a comer, pero una lágrima se le escurre mejilla abajo y mira a su hermano con una tristeza inocente que a Linus le parte el corazón.

–Nunca me habías pegado.

–Perdona. He tenido un día de mierda... Soy un burro.

–Por mil.

–Burro por mil. O por dos mil

–Por dos mil ya no. ¿Quieres? –Isolda le ofrece el suizo a modo de reconciliación.

Linus moja el dedo en la taza.

–¡Cochino!

Isolda ríe y deja la taza en el suelo, sobre la alfombra de mariposas de colorines, y se abalanza sobre su hermano para darle uno de sus abrazos:

–¡Lucha libre!

Isolda solo sabe de la lucha libre lo que Linus le ha contado: que es un deporte en el que tienes que abatir al contrincante consiguiendo que su espalda toque el suelo. Y cuando ambos se abrazan lo hacen así, con el grito de guerra de «lucha libre», porque les gusta la mezcla de amor y abrazos salvajes. Linus esta vez no puede evitar el contacto de su hermana, y tampoco lo evita porque, de repente, todo vuelve a estar bien entre ellos y está feliz. Pero intenta que Isolda no le toque en la parte del coxis y forcejea con ella, simulando que lo hace como parte del juego. Y, al hacerlo, tumba la taza de chocolate con nata sobre la alfombra y una gran mancha marrón la afea. A Linus la alegría le ha durado poco, porque Isolda vuelve a llorar.

–¡Has ensuciado mis mariposas!

–Espera, voy a buscar jabón y lo limpio.

–Es chocolate, no se limpiará. Se quedará sucio. ¡Burro por dos mil! ¡Y por tres mil! –le espeta la niña, muy enfadada de nuevo.

Linus sale de la habitación y choca con Miriam, que acaba de entrar en el piso y, alertada por los gritos, va a descubrir qué está sucediendo. Isolda la oye y le sale al encuentro.

–Mamá, Linus me ha pegado y ha manchado la alfombra de mariposas con chocolate. Quiero que se vaya.

Miriam los mira desconcertada. Ni Isolda es una niña caprichosa ni ellos dos han tenido nunca una discusión similar. Linus intenta explicarse, pero lo logra a duras penas:

–Ya le he pedido perdón... Hoy... Se me ha caído la taza de chocolate y ahora iba a limpiarlo.

–Déjalo, ya lo hago yo.

–Te ayudo.

Isolda se amuralla en un silencio de hielo y les deja hacer. Entre Miriam y Linus limpian el desastre. En la alfombra permanece un rastro de chocolate testarudo y acusador. Miriam le tranquiliza asegurándole que lo rociará con un espray antimanchas y todo quedará solucionado. Isolda continúa de morros y en silencio, y Linus se rinde.

–Me voy. Iso, perdóname.

–Adiós.

Isolda se da la vuelta y lo deja con la palabra en la boca. Miriam intenta consolarlo y le explica que hay niños de la clase que se ríen de ella por los ejercicios de psicomotricidad que tiene que hacer, y que la niña ha contado con la inocencia de no pensar que podrían ser motivo de burla.

–Yo también he tenido un mal día. No pasa nada. Hablaré con ella mañana.

Linus se va con el corazón más arrugado que un calcetín de aquellos que se quedan en el fondo de la bolsa de deportes durante semanas. Se siente muy mal, y de nuevo el monstruo de la angustia asoma la cabeza. Se detiene en una plazoleta solitaria, se sienta en un banco manchado de cagadas de palomas, cierra los ojos, vuelve a respirar con conciencia, recuperando la calma, y vuelve a andar hacia casa. Cuando llega, agradece haber iniciado la guerra del silencio y no tener que hablar con Reme. Se encierra en el baño y comprueba que la cola es más larga. Ahora mide casi veinte centímetros. No quiere ni pensar qué longitud tendrá al día siguiente. O en tres días. O en una semana. Suspira fuerte y expulsa aire y, cuando quiere inspirar, le parece que no puede conseguir que el oxígeno vuelva a entrar. Sabe que es la ansiedad que ha amenazado con comérselo durante todo el día, y se lo repite, y el aire vuelve a entrar en sus pulmones poco a poco. Se ha mareado y se sienta en la taza del inodoro y, aunque no tiene ganas, se concede cinco minutos para pensar qué hacer. Su madre ha vuelto del colegio. Y a estas horas su padre ya debe de estar en casa escuchando la extraña historia del hermano horrible que le estará contando Isolda. Sopesa qué hacer y se pregunta qué pasará si cuenta que le ha crecido una cola de animal. Le llevarán al hospital, eso seguro, y certificarán su estatus de chico extraño de por vida, y deberá contárselo por lo menos a Brenda, Silvio y Menta. Incluso a más gente. Tiene cola. Es un monstruo. Tiene cola, es un monstruo y, por mucho que le aterrorice, ahora mismo no puede asumirlo. Debe admitir que, al margen de la angustia, se encuentra bien, y que dentro de dos días es Navidad y San Esteban. Decide que no pasa nada si retrasa unos días la conversación con su madre. O quizá mejor con su padre. Su madre se asustará y le echará la bronca por no habérselo dicho antes. Pero sabrá lo que deben hacer. Ella siempre lo sabe. Su padre no es ningún inútil, pero siempre ha estado más desconectado de la vida práctica. En realidad, de la vida en general. Como si pasara por encima de la existencia deslizándose, sin apenas tocarla.

Intenta levantarse y se da cuenta de que sigue mareado. Y de repente lo sabe. Necesita hablar con Brenda, contárselo. Es la única persona en el mundo que lo entenderá y que no lo machacará a preguntas ni lo obligará a hacer nada que no quiera. Se saca el móvil del bolsillo y le escribe con los dedos temblorosos. No quiere alarmarla y teclea un mensaje muy de su estilo: «Help. Necesito una ración de bravas con romesco. Invito yo. ¿La voy a buscar y te vienes a casa?».

Brenda le responde que no puede, ha quedado con Juanda, pero que pueden verse mañana, cuando acaben las clases y el trimestre, si le viene bien.

A Linus le invade una tristeza honda y se nota a punto de llorar y detiene el llanto. Se niega a entrar en el territorio del drama. Pasa totalmente. No le apetece. Responde a Brenda con un «ok» y se fuerza a olvidar su realidad de monstruo y a posponer lo que tenga que ser para el día siguiente. Ha dormido pocas horas y el cansancio lo está atontando. El casi llanto lo ha hecho sentirse patético, y ahuyenta la vergüenza levantándose y dirigiéndose a su habitación dispuesto a pasarse horas jugando al último juego *online* al que se han aficionado Silvio, Menta y él. Jugará y se olvidará de todo. Siente una avidez animal por sumergirse en el juego y en una nube de amnesia, pero su madre tiene otros planes.

–Aquí tienes la lista de la compra del súper. Y después tiende la lavadora. Yo me voy a cenar con Sandro y al cine. Volveré un poco tarde.

Linus la mira sin entender nada, y una ola de indignación le empuja a hablar:

–¿Y qué más quieres que haga? ¿Que limpie los cristales con la lengua? ¿O el suelo? ¿Froto el suelo con la lengua también? ¡Y los platos! ¡También con la lengua!

–¡Linus, basta!

–La tía se va al cine y yo aquí, de esclavo.

–«La tía» se ha pasado la tarde doblando ropa y planchando, limpiando la cocina que otro no ha limpiado; eso después de trabajar. Ah, y ha empezado a comprar regalos, porque no sé si lo sabes, pero viene Navidad, y ahora, sinceramente, me siento bastante idiota por pensar qué te apetece que te regale.

–¡Paso de regalos y de hacer nada!

–Aprovecha y sal a que te dé el aire comprando, porque te vas a pasar un par de días sin salir. Mañana vas al instituto y de vuelta, directo a casa. Yo vuelvo a salir.

Su madre le planta la lista de la compra en la mano y sale de la habitación dando un portazo, y dos minutos después oye un nuevo portazo, esta vez de la puerta principal.

Al poco rato, Linus recorre los pasillos del supermercado como un alma en pena y piensa. No podrá salir, pero tendrá la casa para él solo durante horas. Y no tendrá que hablar con nadie. No se conectará ni para jugar con sus amigos. Se tragará todas las series que le dé la gana. Cuanto más idiotas, mejor. Quiere llegar al encefalograma plano. Al nirvana de no pensar ni oír. Aparte de lo que le ha pedido su madre, se compra dos bolsas de Doritos y dos tarros de guacamole ya preparado y una caja de seis helados de nata con *cookies*. Piensa comérselo todo. Es comida basura y en teoría puede provocarle mil problemas de salud, pero duda que ninguno sea tan horrible como tener cola.

3

Por la mañana, la cola ya mide treinta centímetros, y por mucho que intenta decirse que no es para tanto, se rinde y admite que sí lo es. No entiende por qué no sale corriendo de la habitación y le enseña la cola a su madre. Quizá porque hace dos minutos le ha soltado un grito:

–Linus, ¡cómo llegues tarde a clase, me vas a oír!

Sea como sea, no se siente con fuerzas. Porque es justo eso. No encuentra fuerzas para decirle al mundo que tiene quince años y le ha salido una cola en el culo. Es algo tan bestia que su cerebro no puede procesarlo. Y el resto del cuerpo y su alma, si es que la tiene, aún menos.

Sin embargo, hoy la visión de la cola ya no le sorprende tanto. Y la angustia parece haber desaparecido. Le quedan el miedo y el agobio por una realidad extraña y que sabe terrible. Pero de una forma absurda siente que empieza a hacerse a la idea. Se viste con una sudadera ancha y larga y se mira en el espejo. Duda y finalmente se enfaja la cola con un pañuelo de su madre que ha encontrado en el armario de los abrigos. Pero a media mañana nota un hormigueo en la cola bastante molesto, y no tiene más remedio que encerrarse en un aseo y liberarla.

De repente, se descubre haciendo como su madre, que en vez de rezar en una iglesia pide lo que quiere al Universo («Universo, haz que mi hijo me haga caso a la primera»), y le pide que nadie se dé cuenta de nada («Universo, Universo, por favor, por favor, que nadie se dé cuenta de que tengo cola»). Por suerte, todo el mundo está demasiado ocupado procurando que la última mañana de clases pase rápido y haciendo planes para las vacaciones de Navidad, y no llama la atención de nadie.

Silvio y Menta le apoyan ante los dos días de encierro obligatorio:

–Nos conectamos a *full* para jugar –propone Silvio.

–Casa, juego *online* y poco trabajo. *Chill* –concluye Menta, para animarle.

–Tío, tienes cara de cadáver –le dice Silvio.

–De zombi sonámbulo. Venga, *bro*, dentro de dos días salimos con el *skate*. Podemos ir a la zona del Fòrum. O más cerca –sigue Menta.

Linus les dice que sí y, de camino a casa, le escribe a Reme, que hoy come con los compañeros de la escuela, para pedirle permiso para que venga Brenda. Su madre, invadida por el espíritu de la Navidad, le concede el deseo: «Brenda, sí, pero solo un rato. Se trata de no quedar con nadie».

A Reme, Brenda siempre le ha caído bien. Ella y Carla, la madre de Brenda, se hicieron amigas. Y Reme le encontró trabajo de dependienta de un horno cuando la despidieron del bar donde Carla hacía de camarera, y a cambio Carla le enseñó a cocinar ceviche. Carla es madre soltera, y las madres y los dos amigos han pasado muchas noches comiendo pizza y viendo películas juntos. Hasta que Linus y Brenda se hicieron mayores, Reme empezó a salir con Sandro y Carla entró a trabajar en el equipo de limpieza del hospital donde trabaja Sandro, durante el turno de noche, porque el dueño del horno lo cerró de un día para otro sin pagarle el sueldo de los dos últimos meses que le debía.

Aun así, las amigas todavía quedan de vez en cuando para tomar una cerveza y contarse la vida. Y algún domingo van a comer con ellos, y Sandro y los cinco forman una especie de familia adoptada.

Brenda llega y lo sorprende con una ración de las patatas bravas con romesco que preparan en un bar a dos calles de casa Linus. Los chicos consideran que el resto de tapas son simplemente asquerosas, pero las patatas bravas les vuelven locos.

–¿Tú cómo crees que las harán? No entiendo por qué sus chocos hacen vomitar y las patatas están que te cagas –reflexiona Brenda.

–Los chocos y los nachos. ¡Los nachos! Eh, tiene mérito que los nachos estén malos. Son Doritos, queso fundido y guacamole de bote.

Brenda ríe feliz. Linus sabe que Juanda tiene mucho que ver con su felicidad. El chico parece estar igual de colgado por Brenda que Brenda por él. Incluso fue a una clase de zumba en el gimnasio con ella.

–Es tan mono. Todavía me río cuando me acuerdo. Se sintió tan ridículo y tenía una cara tan divertida cuando me dijo que no pensaba volver nunca más... Me meo de risa...

–¿Bailaba fatal?

–No. Pero me dijo que el baile no es lo suyo. Yo sé que son excusas. Piensa que el zumba es una clase para chicas, pero no se atrevió a decírmelo a la cara porque le habría dicho cuatro cosas. Pero lo pensaba. Que me lo conozco.

–¿Y a ti te parece bien que lo piense?

–Fue a la clase. Eso es lo que cuenta, ¿no?

–No sé, tú sabrás. La feminista eres tú.

–Ah, ¿tú no eres feminista?

–No tanto como tú.

Linus lo dice serio. Hoy no está para bromas. No le salen. Tiembla solo de pensar que, en pocos minutos, le contará su secreto a Brenda. De repente, un sentimiento horrible lo domina. ¿Y si su amiga siente asco? Se ha hecho fotos de la cola como ha podido y no le parece que sea espantosa. Incluso tendría cierta gracia si fuera de otra persona y no suya. Y antes de que viniera Brenda ha descubierto que puede moverla. Mide cuarenta centímetros y tiene el aspecto de una cola auténtica, pero sin pelo. O no todavía. No le genera repulsión, pero daría lo que fuera porque no existiera, y sabe que es muy probable que su amiga se horrorice.

–Tío, me has dicho que tenías que contarme algo muy fuerte. Anda y suéltalo, ya que me muero de curiosidad.

Linus duda. Mira a la chica que hace tres meses decidió cortarse la melena negra y que ahora luce un pelo corto que le resalta aún más los ojazos oscuros y las mejillas redondas que tanto le gustan. También las orejas, tachonadas de pendientes y *piercings*. A pesar de lo que decían los monitores de su primer campamento juntos, ha terminado enamorándose de Brenda, y ahora puede dar un paso fatal y perder para siempre la posibilidad futura de salir con ella cuando Juanda o la propia Brenda se harten el uno del otro antes del verano. El cálculo lo hizo hace tiempo a modo de consuelo por no haber tenido el valor de haberle dicho a su amiga lo que siente. Sí, la cola puede mandarlo todo a la mierda. O no.

Porque vete a saber. Sabe que lo que le pasa es tan típico que le avergüenza. Lo ha visto en millones de películas y series. Y también en novelas. El amigo pagafantas colgado de la amiga fantástica que no se da cuenta de nada. Y de repente lo tiene claro. Abre la boca y lo dice:

–Brenda, estoy colgado de ti.

Brenda le mira sin entender nada. Linus cree que, si le hubiera enseñado la cola, se habría asustado menos.

–Tío... Qué dices...

–Eso. Que me gustas. Que estoy colgado de ti. Y ya sé que estás con Juanda, pero te lo quería decir. Para ser legal. No quiero esconderte nada.

–Ya, pero... ¿qué quieres que haga?

–Nada.

–¿Cómo que nada? ¿Y tú?

–Eso. Decírtelo y ya está.

Brenda se le queda mirando un minuto que parece un siglo y alarga una mano hasta la cara y le acaricia la mejilla y se le acerca y le sorprende dándole un beso que tiene el poder de hacerle volar hasta un plano en el que todo encaja y todo está como debe estar.

Y después del beso vienen más. No hablan. Solo se besan y Linus la abraza y se olvida de todo, tanto que, cuando Brenda le acaricia la espalda y desliza la palma de su mano hacia abajo, Linus no se alarma, hasta que de repente la chica topa con el bulto de la cola y se detiene. Lo palpa y le mira asustada.

–¿Qué es esto? ¿Qué tienes?!

–Nada...

–¿Cómo que nada? Déjamelo ver.

Brenda lo coge por la cintura para darle la vuelta y le levanta la sudadera y la camiseta.

–No te asustes, por favor. No es nada.

Linus, como el noventa y nueve por ciento de los chicos de Barcelona, no lleva cinturón, y a Brenda le resulta fácil bajarle un poco los pantalones y descubrir el secreto de su amigo.

–¡¿Qué cojones es esto?!

–Me di una hostia con el *skate* aquí... Y hace un día que me ha empezado a salir...

–Esto es...

–Una cola.

Lo ha dicho en voz alta. Y Brenda ya la ha visto. Ya es real. No sufre un ataque de nervios porque su amiga y él se han dado unos besos que son igual de reales que el apéndice que le ha salido en el coxis. Pero ya no hay marcha atrás. Nunca más podrá hacer como que no tiene lo que tiene. Brenda se agobia.

–¿Y qué te han dicho?

–Nada. Eres la primera persona que lo sabe.

–¡Qué? Tío, tienes que decirlo. ¿Y si es chungo?

–No me duele.

–¿Y qué? ¿Cómo sabes que no tienes algo raro? Tienes que decírselo a tu madre. Tienen que mirarte en un hospital.

–No quiero.

–¿Cómo que no quieres?

–No quiero que me miren como si fuera un bicho raro.

–¡Tío, es que es raro de cojones!

Brenda no se da cuenta de lo que acaba de hacerle a Linus diciéndole lo que le ha dicho, y el chico tiene la certeza de que ha cometido el error de su vida permitiendo que Brenda se haya enterado. Ahora lo ve como lo que no quiere ser: alguien extraño, deforme, horrible.

–No es raro. Es una cola. Y se mueve. Mira. Puede dibujar un cómic de los tuyos.

Brenda dibuja y ha empezado a hacer algún cómic, pero no parece que lo que le dice Linus le divierta. Linus mueve la cola, pero Brenda, en lugar de reír, todavía le mira con más extrañeza.

–Estás fatal. Debes sufrir un estrés postraumático de aquellos que tiene la gente cuando le pasa algo *heavy*. Habla con Reme, por favor –le suplica la chica.

Linus se le acerca y trata de darle un beso, y Brenda lo aparta.

–Déjate de besos ahora.

–¿Ya no quieres? ¿Lo que ha pasado antes no es nada?

–Llama a tu madre. Tienes que ir al hospital. Si ha crecido tan rápido, será que es grave. ¡¿No te das cuenta?! Linus, hostia, ¡reacciona!

–¡No voy a ir a ningún hospital!

–¡Linus!

–Déjame. Vete a morrearte con tu Juanda si te doy asco. ¡Lárgate!

No sabe cómo han pasado de besarse a gritarse, pero ahora se miran como dos extraños. Brenda, horrorizada, y Linus, herido.

–Linus... –implora Brenda.

–Que te vayas. Y si le dices algo a tu madre o a la mía, no pienso dirigirte la palabra en toda mi vida.

Nunca había dicho nada tan en serio, y Brenda le cree. Pero ya no es el único que se siente herido. Su amiga recoge sus cosas y se marcha.

Una hora más tarde, llega Reme y se lo encuentra encerrado en su habitación. Llama a la puerta y le pregunta si ha venido Brenda. Linus miente y le dice que al final no ha podido acercarse. Reme lo nota apagado y se interesa por él. Linus aprovecha la oportunidad que le brinda su madre para lanzar parte de la basura que se nota dentro del cuerpo, intoxicándolo.

–¿Que cómo estoy? ¡Cómo nunca! Castigado como si tuviera seis años. Sin colegas a la vista. Me obligas a ir a estudiar a ese lugar de pringados que suspenden. Con mil comidas y cenas familiares a la vista. Ah, y no te lo he contado: Iso y yo nos hemos peleado, y le he mandado un mensaje y creo que no piensa responderme. Ya lo ves. De fábula.

–¿Cómo que Iso y tú os habéis peleado? ¿Qué ha pasado?

A Linus se le ha escapado. No quería incluir a Isolda en la lista de desgracias con las que atacar a su madre.

–Nada, no tiene importancia. Debe estar nerviosa por las Navidades. Ha sido una chorrada.

–Ah, bueno. Mejor. Iso y tú os queréis mucho. Me gusta la relación tan bonita que tenéis... ¿Algo más?

–Sí, tengo migraña. Me voy a echar un rato.

Reme le pregunta si se ha tomado un ibuprofeno y comenta que hace tiempo que no tenía ningún ataque. Le pide que se apunte la fecha en el calendario para ir controlando si se le repite, tal y como les mandó la neuróloga que visitaron meses atrás. Linus tuvo dos ataques de migraña con pocas semanas de diferencia, y su madre quiso que le visitara un médico. La doctora le formuló un montón de preguntas y le hizo sentir culpable cuando le interrogó sobre drogas y alcohol, y su madre admitió que había fumado y bebido, pero que ya no. La doctora lo miró intensamente, con una mirada de detector de mentiras, y le pidió a su madre que los dejara a solas. Su madre obedeció y la doctora le insistió en saber si consumía drogas o si se pasaba con el alcohol, y le prometió que aquello quedaría entre ellos. Linus lo negó y la mujer siguió insistiéndole con preguntas de inquisidora enrollada hasta que desistió. A Linus le jodió que no le creyera. Que asumiera que tener quince años era equivalente a drogarse y mentir. Le dieron ganas de fumarse un porro, empastillarse y emborracharse. Total, aunque no lo hacía, nadie le creía. Bueno, su madre. O eso parecía. Su padre no opinaba.

Linus no tiene buena relación con los médicos. Está harto de que le traten como a un niño pequeño o un delincuente. No existe un punto medio. Y evitará la visita al hospital todo el tiempo que pueda. Y evitará hablar y evitará vivir más allá de ir tirando. Ahora mismo no tiene ningún otro interés que el de quedarse en la habitación y fingir durante horas una migraña inexistente.

4

La proximidad del día de Navidad libera a Linus de su cárcel. Durante los dos días que se ha pasado encerrado en casa, ha interactuado lo menos posible con su madre y la ha obedecido en todo lo que le ha mandado. Ha vaciado el lavavajillas, tendido lavadoras, ha cocinado, e incluso ha limpiado la nevera. Esto último le ha parecido de un sadismo extremo, pero no ha querido darle a Reme el gusto de la queja y lo ha hecho con el mismo silencio de voluntad hiriente con el que pretende apuñalarla sin éxito. Reme no tiene la culpa de que en su cuerpo haya aparecido una cola, pero la furia del silencio que le dirige no puede evitar estar cargada de rabia por el cambio que experimenta su cuerpo.

Reme no ha dejado de entrar y salir del piso, atareada con las compras navideñas, y ha tenido el detalle de preguntarle qué quería de regalo para el *Tió*, el tronco de cara sonriente vestido con barretina que, después de ser alimentado con fruta y restos de comida por los niños de la casa, el día de Navidad caga regalos, eso sí, después de ser golpeado con un palo al son de una canción tradicional. Linus siempre ha encontrado la tradición bastante gore, escatológica y surrealista, pero le encanta. La mañana de Navidad, hacen cagar al *Tió* todos juntos: sus padres, sus nuevas parejas, Isolda y Linus. Al principio quedaban sus padres y él al margen de Miriam y Sandro. Pero con el nacimiento de Isolda, Miriam propuso hacerlo todos juntos en su casa y que también se uniera Sandro. Para repartirse los regalos, hacen un sorteo de amigo invisible entre los adultos; Reme y Tomás se coordinan para el regalo de Linus e Isolda, y así todo el mundo recibe un regalo. El día de Reyes decidieron celebrarlo cada uno por su parte, y ese día Linus recibe regalo doble, uno de parte de su madre y otro de parte de su padre, y él le hace uno a Isolda gracias a la subvención de Tomás.

La inminencia de la fecha inquieta a Linus. La cola le ha crecido y ya mide unos setenta centímetros. La buena noticia es que el crecimiento parece haberse detenido. Además, si se la enrosca en la cintura y la enfaja con el pañuelo de su madre, ya no siente ese hormigueo tan molesto del último día de clase. También ha aumentado su movilidad y ha aprovechado los ratos que se ha quedado solo en casa para tratar de aprender a agarrar objetos con ella. Y al lograr mover la cola y manejarla por donde quiere, se ha divertido en un acto que es en parte aceptación y en parte negación.

También lo ha hecho para distraerse y poner a prueba al nuevo miembro de su cuerpo. No le duele, y cuanto más mira, toca y palpa su cola, más seguro está de que no hay nada maligno en su interior. Le inquieta, y mucho, haberse convertido en un humano con cola. Pero, de una forma extraña, ha logrado dejar de lado la preocupación por su salud. Intuye que es pura estrategia para minimizar lo que le ocurre. Pero a la vez está convencido de que no está enfermo, que solo ha mutado.

Por quien se siente más dolido es por Brenda. No se han escrito ni se han dicho nada desde que se marchó de su casa. O, más bien, desde que Linus la echó. Porque eso fue lo que ocurrió. La echó. Pero ella le rechazó. No quiso que se le acercara. Desde el momento en que vio la cola, no le tocó. No es idiota. Lo que más temía acabó ocurriendo. Linus le da asco. Alcanzó lo que más deseaba durante unos pocos minutos y lo perdió. Ha rememorado mil veces la escena, visualizando en su cabeza los besos que se dieron, los gestos de las manos, el roce en los pechos de Brenda, cómo se acercaron, anudando las piernas, y lo ha cronometrado. Cuatro minutos y poco más. Cuatro minutos de felicidad.

Hoy es día veinticuatro, y sabe que para Brenda y su madre es el día más importante de las fiestas de Navidad. Se juntan con otras familias de Perú y celebran la Nochebuena de la misma manera que él celebrará mañana la comida de Navidad; este año con su madre, Sandro, el tío Marcos y la tía Sophie, y la abuela Rosa Mari. Su madre tiene otros dos hermanos, pero uno vive en Chicago junto a su esposa, la tía Cinthy, y sus tres primos, unos trillizos de cinco años. Desde que los trillizos nacieron, solo han venido de visita una vez, porque los billetes son demasiado caros. Y un año, Reme y Linus fueron a verlos. El otro hermano de Reme, Ramón, vive en Barcelona, pero hace tiempo tuvo una discusión absurda con su tío Marcos, y Ramón les dijo que no contaran con él en las comidas familiares.

Pero eso será mañana. Hoy Linus, con la carta de libertad que le ha concedido Reme, duda y no sabe qué hacer. Tiene ganas de escribir a Brenda y proponerle verse, pero no sabe si es buena idea y si lo mejor sería dejarlo estar. Y eso es lo que hace. Cree que debe ser Brenda la que le escriba. En teoría estaba muy preocupada por su estado de salud, pero si lo mide por su silencio, la preocupación ha resultado insignificante.

Linus sale a comprar el regalo de Isolda. Quiso regalarle la cámara submarina para Navidad, pero su padre le dijo que la dejara para los Reyes, que era demasiado cara para el *Tió,* en el que suelen regalarse algo más sencillo, y que en su lugar le comprara un juego de mesa que también ha pedido en su larguísima lista de regalos. Pero su padre ya le ha pasado el dinero para los dos regalos y Linus quiere comprarlo todo hoy. Ha quedado con Menta y Silvio. La faja alrededor de la cola y el escudo de las camisetas y sudaderas anchas le da suficiente seguridad. Y, como son tíos y no se tocan, no tiene que sufrir.

Se encuentran en la plazoleta asesina para ir juntos con el *skate*. Es la plazoleta a la que se accede por las escaleras en la que Linus cayó con el *skate*, y desde entonces la han rebautizado. En realidad, tiene un nombre más aburrido y está invadida de palomas, meados y mierdas de perro, de gente que visita un centro cívico que les despierta un interés cero, y de unos parterres de hiedra bajo los que se esconde un montón de basura. La plazoleta también es el lugar de encuentro clandestino de fumadores y bebedores. Y, claro, uno de los lugares favoritos de Linus y sus amigos para practicar saltos con el *skate*.

Cuando Linus llega, mira las escaleras con extrañeza. Si no las hubiera saltado haciendo un *Backside Ollie*, el típico salto al aire, pero girando ciento ochenta grados, nada habría pasado. Está convencido de que el impacto en el coxis es el culpable del nacimiento de la cola. Ha saltado estas escaleras con el *skate* un montón de veces, porque tampoco son tan altas, pero se confió. Quiso dar un salto al aire y que Silvio le grabara para colgarlo después en TikTok y que Brenda le viera.

Los tres viven en Barcelona, en el barrio de Gràcia, y desde allí se deslizan con los *skates* hasta Diagonal Mar. Está lejos, pero tienen buena ruta de calles semipeatonales, carriles bici y aceras anchas. Y si tienen tiempo se quedarán en las explanadas del Fòrum para seguir deslizándose y haciendo virguerías con el *skate*.

Silvio llega el primero y, nada más saludar, le suena una notificación en el móvil y se pone a chatear con una chica. Linus ni se queja. Silvio lo hace continuamente. Chatea y habla y chatea más y desconecta de la conversación que tiene en directo en ese momento. De los tres es el único que liga sin problemas. Menta también liga, él con chicos, pero muy de vez en cuando. El tema, más allá del hecho de definirse como homosexual, dice que no le interesa demasiado, que le da pereza, no por casualidad es el presidente del CDG. Linus hasta ahora casi ni lo había intentado, vencido de antemano por el supuesto obstáculo de su poca altura. Pero desde que este último verano pegó el estirón, se ha sentido más seguro y se ha enrollado con dos chicas, poco más.

Cuando llega Menta, él sí abuchea al amigo.

–Tío, no te empanes. Corta conversación y larguémonos. Yo también tengo que comprar un chisme de nosequé para mi padre y quiero tener tiempo para hacer el imbécil por el Fòrum.

–Un momento.

–¡Hora de vivir!

El grito, salido de la película *Bichos*, es la señal que utilizan para anunciar que se largan o que empiezan a hacer lo que sea. La idea fue de Linus, que se tragó la película con Isolda cuatro veces seguidas, un fin de semana que Tomás y Miriam se fueron a la boda de unos amigos, y él y Reme se quedaron con la niña.

Silvio guarda el móvil en el bolsillo del pantalón y los tres empiezan a deslizarse en silencio con la ligereza de quien levita, atravesando las calles del barrio hasta que salen al paseo de San Joan y de allí pillan la Diagonal, atraviesan la plaza de las Glòries, vuelven a recuperar la Diagonal y llegan al centro comercial.

Cuando se hicieron amigos en el primer curso de la ESO, en el instituto, hablaron mucho sobre qué deporte podían practicar juntos y estuvieron a punto de tirar la toalla. Todos les parecían demasiado cansados. Demasiado sudor, demasiado esfuerzo, demasiadas horas dedicadas a entrenar, demasiados sábados y domingos levantándose temprano para ir a competir, justo los dos días sagrados de descanso y sueño hasta media mañana. Hasta que el tío Marcos, el padrino de Linus, tuvo la ocurrencia de regalarle un *skate* para Reyes. Y acertó. Practicaron con aquel primer *skate* de Linus, sencillo pero suficiente, y descubrieron entusiasmados que no les costaba nada usarlo. Y que desplazarse por la ciudad sobre la plancha forrada con papel de lija y montada sobre los cuatro juegos de ruedas era cómodo y les ahorraba un montón de energía. El deporte ideal para el Club de los Gandules.

Cargan los *skates* en la mano y entran en el centro comercial, que rebosa de gente en busca y captura de los regalos de Navidad de última hora. Las tiendas cierran a media tarde y el frenesí por conseguir comprarlo todo en pocas horas transforma el paseo distraído del público habitual en un andar apresurado y nervioso. Un par de personas les llaman la atención porque sus bolsas chocan con los *skates*.

–Alta concentración de inútiles –sentencia Menta–. Vigilad.

Lo han hablado y entran en las tiendas en orden inverso de interés. La primera parada es una perfumería, donde compran un perfume para la madre de Menta por encargo de su padre. La dependienta les hace dudar porque del perfume que piden hay dos presentaciones diferentes, *eau de cologne* y *parfum*, y el padre de Menta no contesta. Preguntan cuál es el más apestoso (*parfum*) y lo compran. Luego toca el turno de la juguetería. La masa humana los rodea y Linus se pone nervioso. Lleva la cola sujeta, escondida y controlada, pero no las tiene todas. Sabía que habría gente, pero no tanta. Pero minutos después, cuando comprueba que todo el mundo está pendiente de los objetos inanimados en lugar de los seres humanos, se tranquiliza. Consigue localizar el juego que pide Isolda, un panel circular del que salen las pequeñas cabezas de unos topos que deben aporrearse, y entonces lo ve. Es un bingo de insectos, justo la gran afición de su hermana, y lo compra en lugar del juego de los topos. Está convencido de que triunfará. Luego le toca el turno a la tienda de cámaras, electrodomésticos y chismes electrónicos de todo tipo, y que es, de largo, la tienda que más les llama la atención.

Les cuesta un mundo llegar a los estantes con las cámaras submarinas. No hay mucha oferta, solo tres modelos, y Linus coge el más barato porque así ha quedado con su padre.

–Objetivo número uno alcanzado –declara.

Ya que están en la tienda aprovechan para curiosear en la sección de móviles, toquetean ordenadores, especulan sobre qué pantalla de televisión gigante se comprarán si en casa les toca la lotería y, cuando están a punto de salir, Linus les pide detenerse un momento porque queda fascinado por la rareza de unos aspiradores de gama alta expuestos y por su precio de venta, que juzga desorbitado. Menta queda igual de fascinado que Linus:

–Tío, podría limpiar superrápido mi colección de figuras manga.

Menta es un pirado del cómic japonés y tiene la habitación decorada con una colección de figuras de todos los tamaños de personajes de un montón de series de anime y manga. Pero también es alérgico al polvo, y sus padres le dejan tener la colección a cambio de que le quite el polvo con una mascarilla puesta de vez en cuando. Menta se debate eternamente entre la pereza que le da limpiar y el amor por sus figuras, y por ahora siempre ganan las figuras. La visión de los aspiradores con capacidades mágicas le ha encendido la bombilla.

–La mierda de polvo fuera en tres, dos, uno. Parece un robot manga. Flipo.

–Tienes razón. ¡Como mola! –añade Linus.

–Tíos, estáis fatal –comenta Silvio, aunque no puede sacar los ojos del aspirador e incluso toquetea uno de color verde flúor. Menta pulsa uno de los botones y Linus coge un accesorio en forma de cepillo para insertar en el tubo.

La chica que hace demostraciones del funcionamiento del aspirador los mira con desconfianza.

–Por favor, dejadlos en paz.

–Mi padre tiene mucha pasta. Le puede interesar. En casa tenemos tres gatos y dos perros –inventa Menta de repente.

–Es cierto. Tiene una empresa muy gansa y está podrido de pasta. Y la casa llena de pelos –improvisa Linus.

Silvio no dice nada. Se ha quedado impactado por los exuberantes pechos de la chica y no puede dejar de mirarla. La dependienta se da cuenta y se cabrea.

–¿Qué miras? ¿Crees que soy una muñeca hinchable?

Linus y Menta ríen, pero Silvio reacciona.

–Eh, tranqui. Se me ha escapado, no hace falta ser tan borde.

–¿Nos enseñas cómo funciona el aspirador? El que sea más caro. En casa, si no es lo más caro, no compramos nada. Ya te he dicho que somos casi millonarios –insiste Menta.

Mientras lo dice y la chica los mira aún más molesta, Linus coge el aspirador de color verde flúor para mostrarle cuál es el que quieren que les haga funcionar. Pero pulsa el botón de encendido sin querer y el electrodoméstico se pone en marcha. Linus se agobia y el aspirador se traga unas bolsas de plástico que hay en el suelo y que se quedan atascadas en el tubo. Menta y Silvio se parten de risa mientras tratan de desatascar las bolsas y la chica grita furiosa:

–¡Seguridad!

Al minuto aparece un hombre con una panza de una redondez casi perfecta, vestido con uniforme de guardia de seguridad, y sin decirles ni media palabra, sujeta a Linus, que está arrodillado tratando de extraer las bolsas de plástico de la boca del aspirador, lo agarra por la cintura y tira de él hacia arriba.

El contacto del hombre con la cintura electriza a Linus, que reacciona airado.

–¡Tío, déjame!

El hombre ha notado algo extraño en la cintura de Linus y lo sujeta del brazo para que no se vaya.

–¿Qué llevas en la cintura? Llevas algo escondido. ¡Enséñamelo!

–¡Qué dices! Déjame. Soy menor. ¡No me puedes tocar!

El guardia pide ayuda por el pinganillo y no tardan en aparecer otros dos guardias de refuerzo. Linus está fuera de sí, y Silvio y Menta no le ayudan porque están igual de nerviosos. Silvio también grita, aunque no tanto como Linus, y Menta se ha quedado mudo y es incapaz de reaccionar.

–¡Quiero irme ahora mismo! ¡Quiero irme! –grita Linus, desesperado.

–¡Eso es ilegal! ¡No estábamos haciendo nada! –se queja Silvio.

–¡Os vamos a denunciar! ¡Os meteremos un puro! –amenaza Linus.

–Levántate el jersey y te dejo marchar. ¡Levántatelo! –ordena uno de los dos guardias de seguridad nuevos que han venido, y que tiene pinta de ser el que más manda.

–¡No quiero! –vuelve a gritar Linus.

–Tío, da igual, levántate el jersey y ya está –le pide Menta, pronunciando las primeras palabras que es capaz de articular.

Silvio se ha calmado con las palabras de Menta y le da la razón.

–Sí, *bro*, levántate el jersey y luego les metemos un puro por tocarnos las narices.

Linus los mira y, sin poder evitarlo, se echa a llorar.

–No puedo, no puedo. Estoy... Tengo una cosa... Estoy... No he robado nada, lo juro.

El guardia de seguridad que parece ser el que más manda se lo lleva al despacho del servicio de seguridad y se encierra con él y una mujer guardia de seguridad. Allí le vuelven a pedir que se levante el jersey.

–Por favor, no se lo digan a mis amigos... Estoy... Tengo una enfermedad y ellos no lo saben...

La pareja de guardias se miran sorprendidos. Linus se sube el jersey y se baja un poco el pantalón. Lo hace para que se vea el pañuelo que oculta el bulto ignominioso. Linus, con las manos temblorosas, les muestra un pedazo de la cola. Quiere evitar, de todas todas, revelar la verdad.

–Es un tumor... Un cáncer extraño...

Los dos guardias se quedan impresionados por lo poco que acaban de ver, y su cara es un poema.

–Perdona... No sabíamos... Nuestro compañero ha notado algo...

–Puedes irte. Y discúlpanos.

Linus oculta con la ropa su vergüenza y sale a toda prisa del despacho. El guardia de seguridad ha hablado con el responsable de la tienda y los acompaña hasta la caja, donde les ofrece un descuento del cincuenta por ciento a modo de compensación por las molestias. Linus compra la cámara submarina a mitad de precio y los amigos huyen del centro comercial sin decirse nada.

El silencio dura todo el trayecto. Cuando llegan al barrio, Linus se despide de los amigos con un sencillo:

–Eh.

Si fueran chicas, le habrían preguntado qué le había pasado para ponerse tan nervioso y echarse a llorar. Pero son chicos y no están acostumbrados a hacerse preguntas tan íntimas. Quedan en que se conectarán para jugar más tarde y cada uno se va por su lado.

Linus se desliza hasta casa de Brenda, llama al interfono, pide al Universo mágico de su madre que Brenda esté, y el rezo vuelve a funcionar.

–¿Sí?

–Brenda, baja, soy yo... Ayúdame, por favor.

Linus la oye bajar corriendo la escalera y el trotar de Brenda se sincroniza con su corazón desbocado, palpitándole como un martillo hidráulico. Linus ve cómo la puerta se abre y Brenda aparece, sudada, jadeante. Se miran y los dos amigos se abrazan.

5

Brenda lo acompaña hasta casa. Reme ya ha vuelto de su expedición de compras navideñas. Al día siguiente, la comida será en casa de Marcos y Sophie, pero ella es la encargada de preparar el pollo al horno y lo está guardando todo de forma metódica y ordenada en la nevera y en los armarios de la cocina. Linus y Brenda entran en casa y van a su encuentro. Reme guarda los ingredientes mágicos para conseguir que el pollo que cocinará a media tarde se convierta en un milagro de carne tierna y aceitosa. La mujer no los mira y empieza a contarles que no sabe cómo, pero que ha logrado comprar todo lo que quería para la comida y el *Tió*, y también la mitad de lo que tiene apuntado de la lista de regalos de Reyes.

–Brenda, tu amigo tiene una madre que es una máquina.

Reme entonces se gira y los ve: la tristeza y el espanto. Y las manos de ambos enlazadas, agarrando el uno al otro como un bote salvavidas.

–¿Qué pasa?

Es Brenda la que enciende la bengala para pedir ayuda.

–Linus tiene... Le ha salido... Te quiere contar algo.

Reme los mira asustada. Se le ha encendido una alarma interior que solo se le activa en casos especialmente graves. Mira a su hijo intentando controlar el miedo y lo consigue.

–Dime.

Linus se aferra al cabo que le arroja su madre. Se quita la sudadera y la camiseta y se desabrocha el pantalón. Su madre lo mira sin comprender nada. Y aún entiende menos cuando ve el pañuelo que identifica como suyo envolviendo la cintura de su hijo. Las manos de Linus deshacen el pequeño nudo con el que ha asegurado la faja, respira hondo, retira el pañuelo y desvela el misterio. Su madre suelta un grito con el que quiere tratar de ahogar el terror.

–¡Linus!

Se le acerca, mira la cola y lo mira a él, suplicándole explicaciones:

–Linus, ¿qué es esto? ¿Desde cuándo...? ¿Te duele? Vamos a urgencias ahora mismo. ¿Cuándo, cuándo? ¿Pero cómo puede ser que...? Explícate, por favor, porque... ¿Cómo puede ser que...? Linus, por favor, dime que estás bien... Qué... Quiero decir que me lo cuentes todo, te prometo que lo entenderé. No pasa nada. Hayas hecho lo que hayas hecho. Si has hecho algo, que no sé. Solo quiero que... Tú ya me entiendes...

Linus detiene el rayo de palabras que su madre procura que tengan sentido, sin que lo logre demasiado, y con una voz más serena de lo que él mismo pensaba que podría conseguir, prueba a calmarla:

–Mamá, estoy bien. Cagado de miedo, pero no me duele ni nada.

–¿Sí?... Pero... ¿Desde cuándo? Y cómo... ¿Sabes por qué?

–Me caí saltando con el *skate*. Justo aquí es donde me di el golpe. Me dolió mucho durante un par de días, y una mañana empezó a salirme... esto... Ahora ya se ha quedado así. No crece más. Creo...

Su madre lo mira, y Linus sabe que el cerebro de Reme va a mil por hora tratando de asumir todas las informaciones. Linus la ayuda pronunciando las palabras que nunca pensaba que pronunciaría:

–Es una cola.

–¿Cómo que es una cola? ¡Esto no es una cola! Será... No sé... Te lo tienen que mirar. Vámonos.

–¿Ahora?

Linus vuelve a sentir el hormigueo del pánico. Chispas eléctricas que le erizan la nuca y le cortan la respiración a la altura del esternón, como si dos manos gigantescas le apretaran la caja torácica. Brenda le aprieta la mano con firmeza.

–Linus, tienes que ir. Te acompaño, si quieres.

–Voy a coger el bolso y el abrigo. Tápate y vamos.

Reme sale apresurada de la cocina. La puerta del armario donde guarda los piñones, los orejones, las ciruelas, la canela y la botella de coñac bueno para cocinar el pollo se ha quedado abierta de par en par.

–Venga, ya está hecho –le anima Brenda–. ¿Quieres que te ayude a ponerte el pañuelo? ¿Me dejas?

Linus le da el pañuelo y enrosca la cola alrededor de la cintura. Brenda la acaricia.

–Es suave... Y que quede claro que no me da asco. ¿De acuerdo?

–De acuerdo.

Brenda envuelve la cintura de Linus y hace un pequeño nudo para que el pañuelo se mantenga en su sitio. Linus se viste de nuevo con la camiseta y la sudadera, y salen de la cocina. Se encuentran a Reme con el móvil en la mano, pensando, inquieta.

–No sé si llamar a tu padre... Mira, no. Vamos y ya hablo con él más tarde. Ahora no sabría qué decirle.

En el ascensor, Reme vuelve a centrarse en el móvil y pide un taxi con una aplicación. Luego, lo mira y lo abraza.

–¿De verdad te encuentras bien? Tienes que contárselo todo a los médicos. Si quieres, salgo y les dices lo que quieras.

–No, mamá, es lo que te he dicho. Si me hubiera drogado, te lo diría. No hagas como aquella tía de las migrañas.

–No se ha drogado –dice Brenda. Y Reme les cree.

El taxi llega y le dan la dirección del Hospital Clínic, porque es el que tienen más cerca y porque es el primero que a Reme le ha venido a la cabeza.

Cuando el hombre que atiende en la recepción les pregunta qué les ocurre, Reme se bloquea por un instante.

–Mi hijo... Se cayó con el *skate* y se dio un golpe muy fuerte en el coxis y... Le ha salido... Tiene una especie de...

Reme no sabe cómo continuar. Linus está a punto de decir en voz alta lo que Reme es incapaz de decir, pero la mujer toma empuje.

–Le ha salido un tumor. Ha crecido y le cuelga. Tenéis que mirarle. Por favor.

La mujer respira aliviada. Por fin ha encontrado la forma de contar lo que no puede explicar. El hombre la mira y, pese a la costumbre evidente de no dejarse sorprender por nada, Reme detecta un chispazo de desconcierto en su cara. Les pide la tarjeta sanitaria, confirma los datos de contacto y les dice que ahora los atenderán.

No tienen ni tiempo de sentarse y ya los está llamando la enfermera que realiza el cribado para determinar la gravedad de los enfermos.

–¡Linus Vila!

Linus y Reme entran en el despacho y Brenda se queda fuera esperando. Una vez dentro, la enfermera le pide a Linus que le enseñe el supuesto tumor. Linus lo hace y la enfermera lo inspecciona y lo mira con una extrañeza que intenta disimular. La mujer les pide que esperen y sale del despacho. Oyen cómo corre por el pasillo.

–Ahora vendrán los médicos y sabremos lo que es. ¿Estás bien?

–Sí, mamá. No noto nada, te lo prometo.

–Vale... Mejor... Supongo que tendrán que hacerte muchas pruebas. No te asustes.

Linus sabe que su madre también habla por ella, pero le agradece que, pasado el primer momento de nervios y verborrea, ahora se mantenga centrada, porque lo necesita. El olor a hospital se le ha metido en la nariz y no le gusta. Al igual que el nerviosismo que ha detectado en la enfermera, que sabe que no presagia nada bueno.

La enfermera vuelve y les hace pasar a un box, donde esperan dos médicos, una doctora y un doctor, que le piden a Linus que se desnude. Ambos palpan la cola y le interrogan a fondo para saber qué le ha pasado. Determinan que le harán radiografías, una resonancia magnética, ecografía y analítica completa de sangre. La enfermera le coloca una pulsera de papel a Linus, que ya es oficialmente un paciente, y les dice que ahora vendrán a buscarle para hacerle las pruebas. Reme pide acompañarle y le dicen que sí.

–Brenda está fuera esperando. ¿Puede venir un momento?

La chica entra y sonríe. Linus se da cuenta de que es la primera sonrisa que le dedican hoy y lo agradece. Le dice a su amiga que se vaya; sabe que hoy tiene la celebración de Nochebuena y que debería estar con su madre, y le promete que le irá escribiendo para contarle todo lo que le digan. Brenda se resiste, pero su móvil no deja de emitir notificaciones hasta que recibe una llamada de Carla. Brenda no responde, pero hace caso a Linus.

–Perdona, no le he dicho que me marchaba, y ya sabes cómo se pone en Navidad. Pero vuelvo a venir si quieres. Tú me lo dices y aquí estoy. ¿Me lo prometes?

–Sí.

–Me lo has prometido.

Brenda lo abraza y se va. Linus habría querido que se dieran un beso, pero se conforma con ese abrazo y los que se han dado antes cuando, entre llantos, ha podido explicarle qué le pasaba. No se reconoce en ese Linus que llora. Desde que era pequeño y la angustia por la separación de sus padres le atrapaba en cada campamento, no lloraba de ese modo. O apenas lloraba. Lo hizo cuando murió el abuelo Manolo, pero poco más. Pero hoy con Brenda ha llorado, y en las lágrimas ha dejado ir el terror, la impotencia y la frustración y una fuerte sensación de injusticia.

Poco rato después de que se marche Brenda, lo van a buscar y da comienzo una tanda de pruebas médicas que se le hacen largas y pesadas. Intenta no ver las miradas de estupor de todos los que le atienden cuando descubren la cola, pero las ve y le afectan. Se repite el mantra diciéndose que está bien y que nada le duele, y es capaz de mirar a su madre en un intento de normalidad.

Horas después, y una vez terminan de pasearle por todo el hospital, se reúnen de nuevo en el box con un grupo de médicos que descartan que sea un tumor ni nada maligno, pero le dicen que le harán una biopsia para terminar de descartarlo. Describen el interior de la cola como una estructura de cartílago que suponen se irá endureciendo. Entonces, Linus revela que la puede mover y los médicos se miran estupefactos.

–¿Puedes enseñárnoslo, por favor?

Linus, que lleva una bata y calzoncillos, lo hace. Piensa que quiere mover la cola y la cola se mueve.

–Eso significa que hay más tejido nervioso de lo que pensábamos –dice un médico.

–Me gustaría hacerte un electroencefalograma, pero quiero hablarlo con neurología –dice otra doctora.

–Ha tenido jaqueca –señala Reme.

–Era mentira, mamá: no quería hablar con nadie y me lo inventé –aclara Linus.

–Pero las has tenido, y en casa no hay ningún precedente –replica Reme, y luego se dirige a los médicos–. Le hicieron pruebas, pero no salió nada.

–Entendido, pero es mejor repetirlas e incluso ampliarlas. Mejor que hoy se quede ingresado.

–Mañana es Navidad –se desespera Linus.

–Lo siento –se disculpa otro médico.

Los dejan solos en el box y les dicen que les vendrán a buscar para realizar el ingreso y, más tarde, para la biopsia y el resto de las pruebas que faltan. Linus resopla. El mundo se le vuelve a desmoronar.

–Mierda total.

–Linus... A ver qué dicen mañana... Venga, no te desanimes todavía –Reme le mira enternecida.

Reme sale para llamar a Tomás e informarle, pero primero manda un mensaje de WhatsApp a la familia para decirles que no sabe si mañana podrán ir a celebrar la Navidad, y que si van, no podrá llevar el pollo. Cuenta que Linus se ha caído con el *skate*, que está bien pero que se queda ingresado en observación. No tiene fuerzas para otra cosa. Las reserva para hablar de Linus con Tomás, que escucha las explicaciones de Reme en silencio.

–Tomás, ¿estás ahí?

–Sí –murmura el hombre.

–Hoy nos quedamos. Puedes venir, si quieres.

–Sí... sí... Ahora... Ahora voy... Todavía tengo que comprar un regalo, pero da igual...

–¡Claro que da igual! –grita enervada Reme. El hombre tiene el don de sacarla de quicio con salidas que Reme juzga absurdas e infantiles.

–¡No lo decía por no ir! ¡Lo decía precisamente porque no importa! No me grites.

Reme cuelga y llama a Sandro para desahogarse de la tensión que lleva viviendo desde hace horas. Se aleja aún más para que su hijo no pueda oírla, y se hunde y llora durante la llamada. Sandro tiene más gracia emocional que Tomás, y sus palabras la confortan lo suficiente como para que pueda volver con mejor ánimo a la habitación.

Por suerte, en el hospital hay poco movimiento y pueden descansar tranquilos. Es la noche del veinticuatro de diciembre y solo quedan los pacientes que lo necesitan de verdad. El padre de Linus llega nervioso, con un dibujo de Isolda de una mosca con la cara de Linus.

–Dice que te perdona. Y que te pongas bien.

–¿Le has dicho lo que tengo? –pregunta alarmado Linus.

–No. Solo que te has caído y estás en observación y todo eso. A ver qué dicen, y ya le contaremos cuando sepamos más.

–Guay.

Se llevan a Linus para hacerle el electroencefalograma y le conectan más cables que una central de telefonía. Le ponen terminales en la cabeza y también en la cola y en la columna vertebral y le piden que mueva la nueva parte de su cuerpo, y le preguntan hasta qué punto puede moverla a voluntad. Linus responde que más o menos, y les hace una pequeña demostración tratando de coger una caja de gasas, que logra sostener por un segundo y luego se le resbala.

–Me falta práctica.

–No tienes vértebras ni hueso, solo cartílago. Es normal que no puedas sostener ningún objeto –le aclara uno de los médicos que le hace la prueba.

–Pero es una cola. Debería poder –dice Linus, harto de que nadie pronuncie una palabra que a él le parece evidente. Ya que está en el hospital, rodeado de médicos, quiere que, como mínimo, le hablen con claridad y le traten como a un adulto. También le gustaría sentirse tranquilo y protegido, pero el desconcierto de todo el equipo médico lo hace imposible, y es él mismo el que se da un mínimo de calma, porque comprende que nadie más lo hará.

–¡No digas eso! –salta su madre.

–Reme –la corta Tomás.

–Me parece absurdo que diga que tiene cola. Es algo raro y todavía no sabemos qué es, pero ya basta de llamarla así.

–No lo he dicho tantas veces: solo una vez en casa y ahora aquí. Y es lo que es.

–¿Pueden decirle que no tiene razón?

Reme implora a los médicos para que le quiten esa tontería de la cabeza a su hijo. Una de las doctoras se apiada de ella y la intenta consolar:

–La verdad es que por ahora no podemos definirlo como cola... Aunque tiene toda la pinta. Esperaremos a la biopsia.

Le hacen la prueba a última hora de la tarde, casi ya de noche, cuando Reme y Tomás empiezan a creer que la inminencia de la Navidad lo retrasará todo. Se llevan a Linus a un pequeño quirófano y le informan de que han optado por sedarlo con una inyección epidural, porque no saben qué sensibilidad puede tener el interior del apéndice. Le advierten de que el pinchazo le dolerá, pero que después ya no notará nada de cintura para abajo. Lo sientan, limpian el espacio sobre la cola con desinfectante y le pinchan. Linus no puede evitar soltar unas lágrimas, y agradece que el enfermero que lo sostiene le agarre de la mano. A los pocos minutos, la sedación ha surtido efecto y le extraen células de diferentes partes de la cola con unas agujas finísimas, y lo devuelven a la habitación con instrucciones estrictas de quedarse tumbado un buen rato para evitar un fuerte dolor de cabeza.

Linus ve a sus padres tan hundidos que, de repente, empieza a cantar en voz baja:

–Pero mira cómo beben los peces en el río, pero mira cómo beben al ver a Dios nacido...

Tomás y Reme sonríen, aunque con tristeza.

–Eres la pera –dice Tomás.

–Soy la pera.

–Nos han dicho que vamos a tener los resultados en veinticuatro horas o, como máximo, en tres días. Y eso que estamos en plenas Navidades. Pero que si mañana estás bien y pasas buena noche, a media mañana nos dejarán ir –le cuenta Reme para aportar un granito de esperanza en la Nochebuena más inusual de sus vidas.

Linus pide que le acerquen el móvil y le manda una nota de voz a Brenda para que le mande un vídeo con toda la comida que ha preparado su familia. Y una foto de ella vestida de gala. En casa de Brenda, la Nochebuena es una fiesta muy seria y todo el mundo se viste de punta en blanco.

Luego, Tomás se despide. Quedan en que hablarán al día siguiente por la mañana. En principio, el plan era celebrar la mañana de Navidad en casa de Tomás y Miriam, pero Reme no quiere prometer nada. Linus lo tiene claro.

–Quiero ir.

–Ya veremos, hijo.

Tomás se va y Reme se come el bocadillo que se ha comprado hace un rato. Pero solo le da dos bocados y lo deja.

–Joder, mamá, con el hambre que tengo y no me dejan comer. Pero me muero de hambre. Debe ser cosa de la cola.

Reme le mira seria.

–No es una cola. Deja de decirlo, o todo el mundo lo va a repetir. Eres una persona. Las personas no tenemos cola.

Reme se da cuenta de que ha sonado muy seria y suaviza el tono y se sincera con el hijo, al que de repente ve mayor y más adulto que hace unas horas. Y más vulnerable.

–Lo digo por ti. La gente es muy mala. No quiero que nadie te haga sufrir. ¿Lo entiendes?

Reme le acaricia los rizos y le da un beso dulcísimo. Es evidente que está muy preocupada por él, y Linus no tiene ganas de llevarle la contraria. Cierra los ojos y duerme hasta que la notificación que le anuncia que tiene un mensaje de Brenda lo desvela. Silvio y Menta llevan toda la tarde escribiendo y enviando fotos navideñas idiotas, pero Linus no ha querido entrar en su chat. Mañana ya se inventará lo que sea para excusarse por no haber respondido.

Abre el mensaje de Brenda y ve el vídeo que ha grabado en casa de unos amigos peruanos y, como cada año, se asombra de la cantidad de comida que han preparado, de los vestidos de lentejuelas, de las americanas y las camisas elegantes de todo el mundo. Y se queda hechizado cuando Brenda gira la cámara y enseña cómo va: un top ajustado de color rojo y un pantalón imitación de cuero. Pulsa la pausa y se queda un buen rato mirándola. Es potente, cañera, inteligente y dulce. Y considera el vídeo que le ha enviado su primer regalo de Navidad. Sí, no es normal, y no sabe qué pasará entre ellos ni qué será de su vida. Pero siente una chispa de felicidad y se la queda.

6

Por la mañana, los médicos les alegran el día anunciándoles que pueden irse a casa. Los resultados de las pruebas por ahora son todos normales, y para saber si la biopsia ha salido bien, aún tardarán un día o dos. No pueden darles explicación alguna sobre qué es exactamente lo que tiene y el motivo de su aparición. Y no dejan de repetir que tendrá que someterse a más pruebas, pero que, antes de decidir cuáles, estudiarán su caso en un comité médico especial. Lo suyo no se parece a nada de lo que han visto antes en el hospital (y mira que han visto enfermedades raras), y quieren tener tiempo para proponerles una solución. Los despiden mientras insisten en que vuelvan a venir de inmediato, sea la hora que sea, si Linus siente cualquier molestia o nota algún pequeño cambio.

Linus y Reme se apresuran por volver a casa, ducharse, vestirse y marcharse a casa de Tomás y Miriam. Reme le ayuda a ocultar la cola con un nuevo pañuelo, porque el otro está sucio y sudado.

–Linus, eso que te pasa es muy raro, y no quiero preocupar a la familia cuando todavía no sabemos muy bien lo que es. Mejor que sigamos con la historia de que te has caído con el *skate*. ¿Te parece? ¿Cómo lo ves?

Linus también duda sobre qué hacer. Por un lado, no cree que sea necesario esconder nada a la familia. Pero, por otro lado, no quiere preocuparlos, especialmente a Isolda y a la abuela Rosa Mari. Y también nota una especie de ruido, un zumbido casi inaudible que siente internamente a modo de alarma y que le inquieta. Su madre le ha advertido sobre las opiniones de los demás, más allá de la familia. La propia Brenda reaccionó rechazándole cuando descubrió la verdad (aunque fuese un poco y luego lo negase). Y, mal que le pese, lo encuentra normal. No tiene la cara deformada, pero es una especie de monstruo. De acuerdo, de una forma lo suficientemente amable, pero tiene cola. ¡Tiene cola! Empieza a tenerlo interiorizado, porque la realidad es tozuda. Es humano y tiene cola.

Silvio le sorprende llamándole por el WhatsApp.

–*Bro*, ¿todo bien? Estás *missing*. Ayer dijimos de quedar para echar una partida y no dijiste nada.

–He pasado la noche en el hospital. Aún me dolía mucho el golpe en las escaleras. Lo conté en casa y mi madre se puso medio histérica y quiso que me miraran. Y me quedé en observación.

–Ah... ¿Y qué?

–Nada, ya me han soltado. Te dejo, que me las piro a casa de mi padre para comer en familia y tal.

–Guay. Ya nos decimos por la noche para conectarnos.

Linus cuelga. Con los dos amigos es fácil relacionarse sin complicarse la vida, y ahora lo agradece especialmente. Su madre le ha machacado con el tema emocional muchas veces: que si la mayoría de las mujeres se lo cuentan todo, que sienta muy bien desahogarse y que los chicos deberían hacer lo mismo para romper con el rollo de hombres cerrados emocionalmente y ese tipo de cosas; pero él prefiere hacer como siempre y contar lo mínimo.

En el coche, su madre no deja de mirarle de reojo.

–Mamá, ¿qué pasa? Me estás poniendo nervioso.

–Nada, que... No me has explicado cómo estás. No quiero decir físicamente. Cómo estás tú. Pero como siempre que te pregunto estas cosas me...

Linus la corta para darle una migaja de información que detenga su interrogatorio.

–Extraño... Pero bueno... A ver qué dicen los médicos, ¿no?

–Si quieres hablar conmigo, puedes hacerlo. ¿Lo sabes, cielo? –insiste Reme.

Sí, Linus lo sabe, pero no quiere. Ya ha hecho suficiente contando la verdad, y solo quiere centrarse en lo que puedan decirle en el hospital. Por lo demás, el miedo que ha sentido estos últimos días, la inquietud por el futuro, el impacto que le produce mirarse al espejo, Brenda, todo lo tiene silenciado y no quiere darle espacio ni voz. Si lo suelta, no sabe si podrá controlarlo. Y necesita tenerlo bajo control porque ya es todo suficientemente duro.

–Sí, mamá, lo sé. Gracias.

En casa de Tomás, todo va como tiene que ir. Y encima le han pedido a Isolda que no le abrace para que no le toque en el lugar en el que se dio el golpe. Ha sido idea de su padre, y Linus respira tranquilo. El bingo de insectos es todo un éxito y nadie recuerda, ni la propia Isolda, que había pedido el juego de dar martillazos a los topos. Isolda les obliga a jugar tres partidas, y Linus y la niña se distraen embelesados contemplando las fichas de los bichos y decidiendo cuál de los insectos es su preferido. Isolda elige el gusano de seda convertido en mariposa, porque primero es horrible y después se hace mariposa y fabrica seda, algo que a Isolda le parece la mar de práctico, y Linus se decide por el escarabajo pelotero, porque es humilde, le encanta guarrear y porque los egipcios tuvieron el detalle de convertirlo en una bestia sagrada.

Luego se van a casa del tío Marcos y Linus se aburre como una ostra; como cada año, pero esta vez más. Su tío es un loco de la lectura y no deja de recomendarle que se culturice. Porque a él los libros le gustan menos que más, y el tío, que es su padrino, no termina de aceptarlo. Le hubiera gustado tener un ahijado superlector con el que poder compartir su pasión. Al igual que su madre, que lleva con cierta frustración ser maestra, lectora y que a su único hijo no se le haya contagiado la misma fiebre por la literatura. Lo único que Linus lee sin ningún tipo de obligación es algún libro sobre historia y alguna novela histórica. Pero le da pereza. La maldita pereza. Acepta un libro que le presta el tío Marcos, más por hacerle la pelota que por otra cosa.

–*La metamorfosis*, de Kafka. Un día, un hombre se despierta convertido en escarabajo y su vida se convierte en un infierno. Hay muchas interpretaciones, pero siempre he pensado que habla de la adolescencia, cuando el cuerpo cambia –le explica su tío, para venderle el libro. El argumento le recuerda a lo que le pasa ahora mismo, y se lo lleva solo por compromiso, porque la idea de leer sobre la experiencia de alguien que sufre como él le agobia. Ya tiene suficiente con su propio sufrimiento.

Se pasa el día consultando el móvil. Brenda y él se han escrito unos cuantos mensajes por la mañana. Pero después Linus le ha escrito pidiéndole verse por la noche, y Brenda no ha leído el mensaje y parece que no piensa hacerlo en todo el día.

Linus necesita que Brenda le diga en qué punto están. Sabe que, en la escala de preocupaciones, ahora mismo la primera posición debería ser su salud y su futuro como chico mutante. Pero si es sincero, ahora mismo le raya más que Brenda no le responda y no saber si esos besos que se dieron los llevarán a ser algo más, o si tiene que conformarse con el recuerdo de esos cuatro minutos de felicidad.

Cuando vuelve a casa, su madre le pregunta de nuevo cómo está, con un ansia que le agobia.

–Estoy bien, mamá. ¡Deja de preguntármelo, por favor!

–¿Me lo dices en serio?

–¡Mamá, que sí!

Nada más gritarle, le sabe mal. Pero se siente espeso y confundido y es incapaz de pedirle perdón. Se encierra en la habitación y se refugia en la rutina del juego *online* con Silvio y Menta.

Al día siguiente, Brenda sigue sin leer su mensaje, y el mal humor y la nube negra que siente que le acompañan desde ayer aumentan. Debe soportar un día más de encuentro familiar. Esta vez, en casa de los abuelos Juan y Marta, los padres de su padre, con más tíos y primos mayores y pequeños, y solo una prima de su edad, Liliana, aún más introvertida que él y con la que no ha conectado nunca. Se aburre soberanamente, porque encima su padre, Miriam e Isolda no están, ya que el rompecabezas familiar ha hecho que este año les toque pasar San Esteban en casa de la familia de Miriam. Sobre las cuatro, ya no puede más y se despide y se marcha. Como tiene quince años y todo el mundo da por supuesto que las fiestas en familia no son su actividad favorita, nadie protesta. La abuela le da una fiambrera con restos de la comida para que cene, como si no se hubieran hartado lo suficiente, pero Linus sabe que es inútil decirle que no y se la lleva. Liliana aparece en la habitación donde ha dejado la chaqueta y le dice que ella también se va. La abuela también le ha dado una fiambrera.

–Carne para mí, que soy vegana. Me voy contigo.

Linus piensa que Liliana lo dice porque también necesita huir de la modorra de una sobremesa especialmente soporífera. Pero, por primera vez en su vida, su prima le habla más de dos minutos seguidos para proponerle que hagan algo juntos.

–¿Tienes planes? Yo no. Estoy colgada. ¿A ti no te pasa que te cuesta encontrar gente guay? A mí sí. Tú eres guay.

–¿Yo?

–Sí. No hablamos mucho. Pero me dejas en paz.

Linus se queda de piedra. No tiene mucha relación con su prima. Cuando eran pequeños, ella se pasaba los encuentros familiares leyendo o escuchando lo que decían los adultos. Alguna vez habían jugado juntos a algún juego de mesa, pero a Linus nunca le han entusiasmado, y al final le acabó diciendo que no y su conversación aún fue más escueta. Ahora sabe que saca muy buenas notas. Que estudia un instrumento de música que es incapaz de recordar. Cree que violín. Que se ha hecho vegana y que se pasa los encuentros familiares en silencio o hablando muy poco. Liliana tiene diecisiete años y viste su cuerpo delgado y desgarbado con ropa que Linus encuentra extrañísima. Medias de rayas hasta medio muslo, botas negras con una suela altísima, un top rosa flúor y un jersey corto ancho de color azul cielo. El pelo, castaño y liso, lo lleva peinado con flequillo y dos coletas que a Linus le parecen infantiles y ridículas. Y los ojos, maquillados con una raya larguísima hacia arriba, acentúan la rareza de su aspecto. Son primos, pero viven en dos galaxias distintas, y que ahora le haya dicho que le parece alguien interesante lo ha dejado descolocado.

En el móvil de Linus suena la notificación de mensaje de Brenda, y Linus lo coge apresurado. Es una nota de voz. Linus le dice a Liliana que debe escucharla y se aparta unos pasos.

«Linus, he estado pensando en lo del otro día. Y ya sé que me odiarás, porque precisamente ahora, con todo lo que estás pasando, queda cutre decírtelo. Pero es aún más cutre que no te lo diga y te montes una historia que no quiero que te montes. Mejor que hagamos como si nada hubiera pasado. Estoy con Juanda y no tengo ganas de malos rollos. Yo... Me gustas, pero... estoy con él. Y no quiero tener pareja abierta. Juanda y yo hemos hablado y no queremos. Todo eso mola, pero no para nosotros. No ahora. O a lo mejor nunca. Tío, me siento idiota... ¿Estás bien? Si ahora me dices que estás en el hospital otra vez, me muero. Te estoy pegando un rollo que te cagas. Los besos fueron... Me encantaron, Linus, pero no puede ser. Perdóname. ¿Me perdonas?».

Linus siente que las palabras de Brenda son una bola de metal que impacta en su cerebro y lo hace añicos. Lo peor es que todo tiene mucha lógica. ¿Quién querría estar con él? Seguramente nunca podrá estar con nadie. Y sus amigos, cuando sepan cómo es, tampoco. Y su prima. Una llamarada de rabia estalla en su pecho, y arroja la fiambrera al suelo mientras ruge un grito de animal herido. La comida se esparce y Linus la pisotea y la aplasta mientras Liliana lo mira estupefacta.

–Linus...

Pero Linus no la ve ni la oye. Se agacha y agarra la comida con las manos y la lanza contra los árboles de la acera mientras sigue gritando con una ira profunda por lo que le ha tocado vivir. No entiende nada. No quiere entenderlo. La vida le está llevando al límite y solo puede gritar.

–¡Hostiaaaaa! ¿Por qué?

–Linus, ¿qué ocurre? –le pregunta Liliana, asustada.

Linus, con los ojos llorosos, de repente, la ve. La cara de preocupación de su prima lo despierta. Se seca las lágrimas con el codo porque tiene las manos manchadas por la comida que está esparcida por el suelo, en el tronco de los árboles, en su ropa. Se siente sucio, desgraciado, inútil.

–Me voy...

Deja a Liliana plantada en la calle y echa a correr. Corre y corre por las calles con tanta furia que casi tumba a un chico con el que se cruza y que miraba el móvil, distraído. El chico le insulta, pero Linus no se detiene. Sigue corriendo. Huye de lo que no puede huir y, cuando llega a casa, sube los dos pisos corriendo aún más, hasta que llega a su rellano y se detiene en seco. Respira unos segundos, entra en casa y se encierra en su habitación. No piensa salir nunca más. Nada en su vida tiene sentido. Se siente un monstruo. Es un monstruo. Y ha sido imbécil por pensar que Brenda querría salir con él.

Reme está en casa con Sandro, mirando una película. Desde el divorcio, ya no celebra el día de San Esteban, y se regala un día de fiesta en el sofá en compañía de su pareja. A Linus, Sandro le cae bien, pero hoy no tiene ganas de hablar con él ni con nadie, y solo es capaz de saludar con un «hola» lanzado al vacío y huir a la habitación que piensa utilizar de refugio, madriguera y búnker.

Su madre viene a verle y se extraña al ver que Linus ha bajado las persianas y está completamente a oscuras.

–¿Tienes migraña?

–No.

–¿Estás bien?

–Sí.

–Linus.

–Mamá, déjame. Estoy bien.

Reme deja pasar unos segundos de silencio. El hermetismo del chico es un grito demasiado evidente, y la mujer respeta el muro que acaba de levantar su hijo y se va, cerrando la puerta de la habitación. Linus sabe que ahora hablará de él con Sandro. Que su actitud y la cola asquerosa que le ha crecido son una soga que le ahoga a él, pero también a su madre. Quizá también a su padre, aunque con Tomás nunca se sabe. Debería sentirse mal por ella, sufrir porque Reme sufre. Pero no puede. El dolor lo agobia y no puede ni quiere pensar en nada que no sea dormir.

Sabe que le costará conciliar el sueño porque es media tarde y ha dormido hasta las once. Elige un pódcast sobre la Guerra Fría y la construcción del muro de Berlín que ha escuchado mil veces, y se lo pone con un sonido casi inaudible. Es su truco para dormirse.

Cuando está a punto de caer dormido, oye a Reme que abre la puerta de la habitación para ver qué hace. Y también oye cómo le llegan hasta tres mensajes de Brenda, uno de Liliana y dos del grupo del Club de los Gandules. Los ignora todos.

A las tres de la madrugada, se levanta para ir a mear y tiene la tentación de mirar qué le ha dicho Brenda, pero, en lugar de leer los mensajes, apaga el móvil. Se va al lavabo sin apenas abrir los ojos, mea, vuelve, se mete de nuevo en la cama y vuelve a dormir. Se ha envuelto en una nube de sueño que le anestesia, y se suelta. No le importaría dormir tres días seguidos, o hasta una semana. Pero a las once y media de la mañana, Reme le saca por la fuerza de su incubadora.

–Basta.

–Mamá, déjame.

–A la ducha. Tienes exámenes de recuperación la semana después de vacaciones. Espabila.

–No voy a ir al instituto. Lo dejo.

–Ni te lo plantees.

–Mamá, me ha salido una cola. No puedo ir al instituto.

–¡No es una cola! Y te encuentras bien. Puedes estudiar. De hecho, eso es lo que tienes que hacer, para aprobar y porque te irá bien para airearte. A la ducha y a estudiar.

Linus se incorpora y se sienta en la cama. Tiene un aspecto terrible. Y sabe que también ridículo, porque la cola le sobresale por encima de la goma del pijama y le deja medio culo al aire. Su madre se le acerca.

–Déjame ver.

Linus no puede evitar que Reme se siente a su lado y le inspeccione la cola. La mujer se alarma. Toda la superficie del apéndice está cosida de pequeños granitos violáceos. Linus le ve la cara, se agarra la cola, la observa y se horroriza.

–Volvemos al hospital.

–Mamá, no, por favor.

–Vamos.

Linus se da una ducha rápida porque Reme lo obliga. Después se concentra en el nuevo ritual con el que esconde la cola bajo un pañuelo alrededor de la cintura, un gesto que ya ejecuta de manera maquinal, como si llevara haciéndolo toda la vida, y se resigna a salir de casa para que los médicos vuelvan a inspeccionarle con ojos de entomólogo.

En urgencias consultan su expediente y, al momento, llaman a un responsable mientras les hacen pasar directamente hasta un box. A los pocos minutos aparece una mujer de unos sesenta años, pelo corto y blanco, ojos serenos y mirada afilada que se presenta como la doctora Santiago, la jefa de internistas del hospital. Le pide a Linus que le permita mirar cómo tiene la cola, a la que ella llama «el apéndice», y mientras la observa y la palpa con las manos enfundadas en guantes de látex, se incorporan otros dos doctores a la visita.

Los tres lo miran con una perplejidad que les cuesta disimular. Deciden hacerle un pequeño raspado y analizar las células que extraen con un bisturí. La intervención apenas le provoca dolor, pero las palabras de los médicos le inquietan:

–Aquí hay algunas más endurecidas, y parece como si se estuvieran generando escamas –les informa la doctora Santiago.

–¿Es grave? –pregunta Reme.

–Diría que no. Pero no lo sabemos. Es un caso absolutamente insólito. ¿Tú estás bien? ¿Has notado alguna molestia?

–Ha dormido casi veinticuatro horas –le delata Reme.

Los doctores lo apuntan en el ordenador y les piden que esperen hasta que llegue el resultado del laboratorio. Les aseguran que no tardarán. Su caso tiene prioridad total. Tanta que, media hora después, les informan de que las células no son malignas. Y la teoría de que la cola terminará cubriéndose de pequeñas escamas toma fuerza. Aún no tienen los resultados de la biopsia, y los mandan de nuevo a casa. Antes de marcharse, la doctora Santiago le da su móvil personal a Reme para que la llame si existe alguna variación importante, tanto en el estado de salud del Linus como en el aspecto del apéndice.

Cuando llegan a casa, Linus nota las horas sin comer y entra en la cocina, pilla un tetrabrik de leche, un cartón de cereales, un bol, una cuchara, y vuelve a encerrarse en su habitación. Mientras desayuna o come, no sabe cómo considerarlo, abre el móvil y lee los mensajes. Empieza por los de los amigos, que le preguntan si se encuentra bien o si vuelve a estar ingresado. Se han extrañado tanto de que no responda a las convocatorias de partidas *online* que están preocupados. Linus les escribe y les cuenta que sí, pero que por culpa de las malas notas le han prohibido conectarse y le han limitado el uso del móvil. Ya tiene la excusa perfecta para no tener que simular una normalidad que no se ve con ánimos de sostener. Después responde a un mensaje de Isolda a través del móvil de Miriam, con una foto de unos gusanos de seda que le han conseguido los padres de Miriam, y que Isolda se dispone a criar. Y, finalmente, se arma de valor y abre el chat con Brenda. La chica le pide que sigan siendo amigos. Y que le cuente, por favor, cómo se va encontrando. El último mensaje es un emoticono de un corazón. A Linus le ofende la imagen. Está convencido de que es un corazón de pura lástima y, en lugar de consolarlo, le hiere. Responde con un lacónico «ok», al primer mensaje y un «bien», al segundo, y vuelve a apagar el móvil. Ya no lo necesita para nada.

Reme entra para insistirle en que estudie. Linus la mira desolado, y la tristeza que desprende es tanta que Reme se impresiona y le dice que no sufra. Cree que podrá ir al instituto con normalidad. Pero si no fuera así, pedirá que continúe el curso desde casa por motivos médicos. Le cuenta que es más habitual de lo que Linus piensa, y que tendrán que proporcionarle profesores que le hagan el seguimiento y la posibilidad de hacer los exámenes a distancia.

–Ya sé que ahora te cuesta ponerte. Pero te hará bien concentrarte en algo. Si quieres, puedo sentarme contigo y ayudarte.

La posibilidad de tener a su madre al lado haciéndole de canguro le parece ridícula, y le dice que no. Reme lo deja solo y Linus se sienta en la mesa sin ánimo de nada, más porque no sabe qué hacer que por ganas de seguir el consejo de Reme. Trata de echarle un vistazo a los apuntes de Catalán y de Castellano. Y repasa los problemas de Matemáticas que no supo resolver en el examen y que le procuraron el cuatro y medio fatídico. Por un momento, cree poder salir adelante. No estudia, pero lee y revisa las materias. Le fastidia darle la razón a su madre porque ahora mismo le parece que el mundo le ha expulsado y nadie puede hacer nada por él, aunque debe admitir que lleva una hora aburrido pero distraído.

Sale de su cuarto para ir al baño y pilla una conversación de teléfono entre sus padres. Reme lo ve, se despide de Tomás, cuelga y le mira con gravedad.

–Estaba contándole a tu padre que acaba de llamarme la doctora Santiago. La biopsia ha salido bien...

–Ah, pones una cara que...

Reme le corta. La llamada de la doctora Santiago no es del todo positiva, y no quiere que su hijo se ilusione.

–Han estado valorando intervenirte para cortar el apéndice, pero han descartado la operación. Dicen que no saben lo que te puede pasar, y no quieren arriesgarse. Y que siguen investigando. Están en contacto con otros hospitales de otros países para analizar tu caso y tratar de ofrecer una solución. Pero puede ser lento. Nos han dicho que nos vayamos haciendo a la idea de que, por ahora, no pueden hacer nada. Si no hay ningún cambio importante, quieren verte dentro de un par de días, y entonces establecerán el ritmo de visitas.

Esto último Reme lo ha dicho rápido, como si quisiera tapar el espanto de panorama que les ha planteado la doctora. No hay ninguna solución a la vista, y Linus deberá hacerse a la idea de que su nueva forma mutante puede ser más permanente de lo que pensaba. Será un monstruo por mucho tiempo, y quién sabe si para siempre. Y encima ahora ya lo sabe medio mundo. Mira a su madre sobrecogido. Se nota el cuerpo de plomo. Le cuesta, pero da media vuelta y regresa a su habitación y se echa en la cama. Respira despacio y cierra los ojos. Solo quiere volver a dormir, y eso es lo que hace.

7

Tomás sale antes del trabajo y pasa a visitar a Linus. Reme le ha llamado. Linus no se ha movido de la cama. Le ha traído comida, y le ha visto tan apagado que no se ha atrevido a pedirle ver cómo evolucionaban los granitos que, poco a poco, se van convirtiendo en pequeñas escamas de un color morado pálido, como pétalos fosilizados de pequeñas flores prehistóricas. A solas, Linus las ha palpado y, para su sorpresa, las ha notado blandas y suaves. Casi diría que son gustosas de tocar, si no fuera porque la cola le genera un rechazo cada vez mayor.

Tomás se sienta en la cama de Linus.

–Márchate, papá, estoy bien.

–Nadie sabe lo que va a pasar. Los médicos dicen que no pueden operarte porque siempre hacen lo mismo: no te prometen nada para no quedar mal. Pero en cualquier momento pueden llamarnos para decirnos que han encontrado lo que sea que pueda ayudarte.

–Guay.

–No lo digo para que te quedes tranquilo; lo digo porque es verdad.

–Si los médicos no tienen ni idea, tú aún menos.

El argumento de Linus es incontestable, y Tomás no se atreve a seguir abonando la esperanza de su hijo. Prefiere intentar distraerlo.

–Enséñame lo que estás haciendo de Matemáticas y te echo una mano. Lo de Lengua lo dejo para tu madre.

–Mañana. Hoy paso.

–Linus, va.

–No, papá.

El chico se da media vuelta y yace de cara a la pared, dándole la espalda. Tomás se levanta y se va a hablar con Reme. Acuerdan que, si mañana sigue igual, hablarán con los médicos. Están asustados por la salud física de su hijo, y también por la depresión que ven venir o que ya está aquí. A Reme se le ocurre una idea.

–¿No puede venir Iso un rato? Ya sabes cómo se quieren. Si alguien puede sacarlo de la cama es ella.

–Espera.

Tomás llama a Miriam, que está al tanto de todo, y le pide que traiga a la niña. Mientras viene, Tomás y Reme consultan por internet si hay algún precedente de lo que le ocurre a Linus. Encuentran unas pocas referencias a niños que han nacido con pequeñas colas, como una especie de reminiscencias de la cola humana que se perdió en el camino de la evolución antes de andar únicamente sobre dos patas.

–No es lo mismo. Lo que tiene Linus no es una cola –se empeña Reme.

–Por mucho que te empeñes en negarlo, es una cola, Reme.

–No quiero que la llamemos así. No lo es, y si lo hacemos, todavía se sentirá peor. Y me preocupa, Tomás. ¿No ves cómo está? Triste, deprimido... Por favor, no lo digamos más.

Tomás no tiene ganas de discutir con su exmujer y deja que piense que está de acuerdo. Suficiente tienen como para pelearse entre ellos.

Miriam aparece al poco rato. Reme entra en la habitación de Linus para avisarle.

–Iso se queda un rato. Tu padre y Miriam tienen que ir a hacer compras para Reyes. Ahora te la mando. Levántate. Y ponte el pañuelo.

Reme se va y despide a Tomás y a Miriam, que le hacen prometer a la niña que se portará bien. Isolda se despide de sus padres y se lleva el bingo de insectos a la habitación de Linus para jugar una partida con su hermano. Entra corriendo, contenta de poder disfrutar de un rato inesperado con Linus.

–¡Linus, me estoy aprendiendo de memoria el nombre de todos los bichos!

La niña se sorprende al ver a su hermano en la cama. Se ha envuelto la cola a toda prisa con el pañuelo y ha vuelto a echarse.

–¿Qué haces en la cama? ¡Qué morro! Es supertarde. Levántate.

–Déjame, no me encuentro bien.

–Tíoooo, levántate.

La niña le sacude y lo destapa. Entonces la ve. Entre la prisa por taparla y la desgana, esta vez no se ha anudado bien el pañuelo. La niña tiene la mirada clavada en el trozo de cola que puede verse entre el tejido sedoso del pañuelo.

–¿Qué es esto? ¡Qué asco!

Linus siente que acaban de darle un mazazo en la cabeza, pero reacciona activado por un mecanismo de defensa, se tapa con la funda nórdica e intenta tranquilizar a la niña.

–No es nada.

–Que sí. ¡Lo he visto! No me engañes.

Linus no sabe qué decirle y la niña sale corriendo para ir a buscar a Reme.

–Remeeee, a Linus le ha salido algo muy raro en el culo! ¡Corre!

Reme la mira alarmada y no acierta a saber qué decirle.

–No pasa nada, mi niña, los médicos ya lo saben...

–Pero ¿qué es? No me gusta... Quiero irme a casa.

Reme la sujeta por los hombros.

–¿Sí? Eso que tiene... Es raro, pero no pasa nada. Linus está un poco triste... ¿No quieres hacerle compañía?

Isolda dice que no con la cabeza y le pide que recoja el bingo que se ha dejado en la habitación de su hermano. Reme lo hace, y llama a Tomás y a Miriam para que la pasen a buscar.

Linus lo escucha todo desde la habitación y piensa que nada puede ir peor. Pero se equivoca porque, dos días después, todo estalla.

Linus intenta estudiar para olvidar el rechazo de Isolda. Solo sale de la habitación para ir al baño, y Reme no le dice nada. Le lleva la comida en una bandeja, como si estuviera enfermo, porque en realidad sienten que es así y actúan como si tuviera la gripe. Viste pijama y yace en la cama, desde donde estudia con el ordenador y donde tiene esparcidas algunas libretas con los apuntes.

Durante dos días vive en una calma extraña, y le parece que puede permanecer allí durante mucho tiempo. Procura no pensar en Brenda ni en los amigos y, cuando se aburre de estudiar, mira una serie o escucha un pódcast.

Al anochecer del segundo día, les llama un directivo del hospital para comunicarles que se ha filtrado una foto de Linus en internet. Están convencidos de que no ha sido nadie del personal sanitario del hospital, pero no saben decirles cómo ha podido pasar. Creen que lo más probable es que la foto la haya hecho un familiar o un paciente de planta, o alguien del personal de limpieza o cualquier otro servicio. Aseguran que lo están investigando. La foto es de Nochebuena. Alguien debió enterarse del caso y se coló en la habitación mientras Linus dormía. Han puesto el asunto en manos de abogados y han pedido asesoramiento para ver qué puede hacerse para que la foto se elimine de las páginas en las que se ha compartido. Pero les advierten que está corriendo por WhatsApp y que no pueden hacer nada por evitarlo, más allá de avisar públicamente de que la difusión de una foto tomada en un sitio privado y sin consentimiento es delito. Pero piensan que emitir un comunicado es dar más eco al caso de Linus. Un caso que entienden no es bueno que despierte la atención del público por el estigma que puede representarle a Linus, aunque no tenga nada de qué avergonzarse.

Reme escucha las explicaciones, deshecha. La peor pesadilla de todos estos días se ha cumplido. Que lo sepa todo el mundo. No porque crea que haya que esconderse de nada, sino porque no quiere que su hijo se convierta en una atracción de feria. Es su hijo, un chico de quince años, y no quiere que sufra.

Reme, por primera vez en estos últimos días, llora. Llora sola, porque Linus está encerrado en su habitación y ella no quiere contarle todavía lo ocurrido. Llora y se pregunta qué puede hacer, cómo puede detenerlo. Al momento la llama Tomás. La foto acaba de llegarle por WhatsApp y, antes de mandársela a Reme, ha querido avisarla porque, aunque no es del todo reconocible, quien le conoce puede identificar los rizos pelirrojos de Linus.

Reme abre el móvil con las manos temblorosas y descarga la foto. Sí. Aunque no se le ve bien la cara, quien le conoce sabe quién es: todos los compañeros del instituto, amigos, familia, vecinos...

Aquella noche, Linus sabe que algo grave ha ocurrido. Ha oído el teléfono y las pocas frases que ha articulado Reme para responder al interlocutor. Y luego los llantos, y ahora la oye dar vueltas en la cama. Piensa que debería levantarse y preguntarle, porque entiende que, sea lo que sea, tiene que ver con él. Pero espera que sea Reme la que dé el paso. Comprende que es grave y alarga el momento de no saberlo, de vivir en el espacio de mínima inocencia antes de que sea inevitable asumir lo que le tengan que asumir.

Piensa que quizá les han dicho que morirá. Que finalmente han descubierto que lo que tiene es mortal y rápido. Si es así, tomará alguna decisión. No sabe cuál, pero la va a tomar. A lo mejor debería hacer una lista con todo lo que quiere hacer si tiene que morir pronto, pero hay algo que le frena. Solo puede ponerse pódcast y pasarse la noche escuchándolos para no tener el cerebro ocupado en su salud y su futuro.

Al día siguiente, su madre le despierta y se lo cuenta. También le dice que se ha pasado la noche escuchando emisoras de radio y esta mañana se ha tragado programas horribles de televisión para ver si hablaban de la foto del chico con cola. Nadie ha dicho nada.

—No creo que lleguen a saber que eres tú. Y ahora no vas a clase. En unos días, nadie recordará la foto. Salgo a comprar. ¿Quieres algo?

Linus solo quiere quedarse solo. Ya es oficial, no solo para los médicos y la familia, también para el resto del mundo: se ha convertido en alguien horrible de quien se pueden burlar. Si ya tenía pocas ganas de volver a salir de casa, ahora ya no tiene ninguna. Cuando su madre se marcha, se ducha y se pasea por casa. Incluso come en la cocina, como ha hecho siempre, sentado en un taburete, engullendo leche y cereales mientras ve algún vídeo de YouTube.

Una hora después, oye los gritos que vienen de la calle. Viven en un segundo piso con un pequeño balcón, y el sonido le llega perfectamente. Es su madre.

—¡Idos a la mierda!

Reme sube hecha una furia. Un par de periodistas la estaban esperando en la puerta de casa. Es evidente que alguien ha reconocido a Linus, y los buitres no han tardado en aparecer. La mujer llama a la policía para que los echen, pero le dicen que no pueden hacerlo.

En el comedor, Reme pone la tele y ve a los periodistas transmitiendo en directo delante de su portal para un programa de esos que se alimentan destripando cualquier noticia de la manera más sucia. Hablan de caso excepcional. Y exigen que algún responsable les dé una explicación para no generar alarma social.

—¡Animales! ¡No generar alarma! ¿Y qué hacen ellos? ¡Imbéciles, malnacidos! ¡Es un chaval!

Linus nunca ha visto ni oído a su madre tan fuera de sí. Cuando el periodista, un chico rubio, de rostro perfecto y aspecto relamido, que habla con afectación y dramatismo, afirma que es preocupante que a un adolescente le haya crecido una mutación en el cuerpo en forma de cola, Reme suelta un alarido.

–¡No es una cola!

La mujer apaga el televisor y lanza el mando contra el sofá. El mando rebota, la tapa de las pilas salta y las pilas se esparcen por el suelo. Linus abraza a su madre, que se ha quedado inmóvil ante el aparato. Ahora ya es algo más alto que ella, y por primera vez en los últimos días se alegra de una característica física de su cuerpo, porque puede abrazarla, y Reme se deja consolar por su hijo. Sabe que no debería ser así, pero Linus se siente culpable por hacerla sufrir. Piensa en enfrentarse a los periodistas y valora salir al balcón y decirles de todo, pero sabe que, si lo hace, solo les estará dando carnaza. Definitivamente, está prisionero en su casa. Su madre solloza hasta que toma conciencia de la situación y deshace el abrazo.

–Soy yo la que debería consolarte.

A Reme le suena el móvil y responde a la llamada de un número desconocido creyendo que es del hospital. Pero es una periodista que le pide una entrevista para un periódico, y Reme cuelga sin responderle.

Aquello se repite varias veces y, cuando Tomás llega, se encuentra a su exmujer concentrada bloqueando números de teléfono de un montón de periodistas que han contactado con ella.

–Si esto sigue así, doy el número de baja y contrato otro –dice la mujer, todavía presa de furor e indignación.

Linus ha vuelto a encerrarse en la habitación. Es el único lugar en el que se siente mínimamente protegido del desastre, sobre todo porque ha arrinconado el ordenador para no consultar internet y continúa con el móvil apagado. Ayer era el día de los Santos Inocentes, y si la foto se hubiera difundido entonces, la gente habría podido pensar que todo era una broma generada por la inteligencia artificial. Pero no lo es.

Sus padres hablan y Linus no puede evitar escucharlos. A Tomás le han ofrecido en el trabajo que se tome unos días de asuntos propios para estar con su hijo. Él también está muy cabreado porque un periodista de la redacción de informativos le ha ofrecido hablar del caso a modo de primicia.

–Me lo ha dicho como si me hiciera un favor, asegurándome que ellos tratarían bien lo de Linus, porque soy de la casa, pero es el más miserable de todos los miserables de la tele. Y si no le he dicho lo que pienso, ha sido porque es un lameculos de los mandamases y no quiero problemas.

–¿Y nadie más te ha dicho nada?

–No. Por suerte, solo este.

–¿Y vas a cogerte los días de fiesta?

–No lo sé. La verdad es que hoy todo el mundo me hablaba como si no ocurriera nada, pero estaban muy raros. Nadie ha querido preguntarme. Solo Carlos, de realización, y Marion, de vestuario. Y no sé qué me ha cabreado más: que me preguntaran o que hicieran ver que no pasaba nada.

Reme y Tomás deciden que harán el máximo esfuerzo por pasar desapercibidos. Tomás adelantará las vacaciones que tenía previstas en Reyes, y Reme intentará no salir de casa para evitar el contacto con los periodistas que puedan estar acosándolos. Esperan que, si no alimentan la información, pronto todo quede olvidado. Al día siguiente es Fin de Año, y desean que las noticias sobre la fiesta y el inicio del nuevo año se lleven toda la atención.

Reme tenía previsto hacer venir a Sandro y a unos amigos a casa, pero anula la cena, y la fiesta la limita a una cena con la pareja y su hijo.

Tomás entra a ver a Linus, que continúa en su habitación.

–¿Por qué no sales y pasas un rato con mamá en el comedor?

–Más tarde, tal vez.

–Hazlo, te irá bien.

–¿Iso te ha dicho algo? ¿Ha visto la foto y las noticias?

–Creo que sí. Estaba en casa de unas amigas y se la han enseñado. Pero le he dicho que estás perfecto. Que te encuentras bien. Que no sabemos qué es, pero que si no sales de la cama es solo porque estás desanimado. Creo que lo ha entendido.

No dice que le manda recuerdos ni mensaje alguno, porque no lo ha hecho. Linus actúa como si no le importara. Tampoco habría visto el mensaje con el móvil apagado. Y cuando Tomás se marcha, se dice que Isolda es pequeña y que es normal que reaccione asustándose y alejándose de él. Pero no puede evitar que una pena muy honda le presione la garganta.

Esa noche, Reme entra en la habitación y le pide ver cómo está la cola. Los granitos morados han desaparecido y ahora la tiene completamente cubierta de pequeñas escamas. La mujer las palpa en silencio.

Luego le da un beso y se levanta para irse a dormir. Pero, antes de llegar a la puerta de la habitación, se detiene y vuelve a la cama de Linus y se tumba a su lado.

–Hazme sitio.

Tiene quince años, pero debe admitir que le gusta que Reme se haya echado junto a él y que ahora le abrace, como cuando sufría pesadillas de pequeño y se despertaba asustado. Porque lo que vive es una pesadilla hecha realidad, y que Reme duerma con él hace que no se sienta tan solo.

8

Es Fin de Año. Debería estar pensando en si sus padres le dejarán salir de fiesta. Si podrá dormir en casa de un amigo u otro. Si él y sus amigos podrán escabullirse de la vigilancia adulta y dar una vuelta por la calle y beber y brindar por el año en el que cumplirán dieciséis. Si lo mejor sería quedarse los tres en su casa, aprovechando que Reme probablemente dormirá en el piso de Sandro, y jugar en el ordenador hasta las tantas, o hacer una timba de póquer, aunque apenas saben cuatro normas. Debería estar soñando con un instante mágico en el que Brenda, influida por la energía del año que acaba, le dirá que le quiere y que quiere estar con él.

Pero nada de eso sucede. Será el Fin de Año más asqueroso de todos los que ha vivido. Peor que aquella vez de cuando tenía doce y pilló una gripe el mismo día treinta y uno y tuvo que quedarse en la cama por la fiebre. A los doce años, Fin de Año le importaba poco. No como ahora.

Los periodistas han continuado molestando a Reme y él ha continuado pasando las horas en la cama, a refugio de toda la miseria que vive. Está tan aburrido que incluso ha leído el libro que le regaló el tío Marcos, *La metamorfosis*, de Kafka. Al terminar, ha sabido que el destino del protagonista, que un día se levanta convertido en una especie de escarabajo, es el suyo: morir aislado y rechazado por todos. Solo que no sabe cómo va a morir porque se encuentra perfecto. Pero decide que el nombre, Gregor, liga con el suyo, Linus. Nombres raros. El suyo se lo debe a uno de los personajes de la tira cómica *Peanuts*, protagonizada por Charlie Brown y su perro Snoopy. Linus es el mejor amigo de Charlie y es el niño que no se separa de su mantita infantil. Tiene muchos cómics de Charlie Brown, y le gustan. Y recuerda perfectamente, porque se siente totalmente identificado, esa tira cómica en la que Linus explica a Charlie Brown que su filosofía es evitar los problemas porque no está preparado para afrontarlos.

Él no diría que no está preparado; solo que le da pereza, que le incomodan o que no tiene ganas. O que, si piensa en su problema con claridad, se siente borracho de rabia y no le apetece. Ahora mismo está en su habitación delante del ordenador y del móvil, ambos desconectados, valorando si continúa dejándolos callados o si los abre. Y decide que ya pensará qué hacer después de las campanadas y las uvas.

Reme ha insistido en que cenen juntos en el comedor con Sandro y que cumplan con el ritual de las doce de la noche. Linus le ha dicho que no y Reme, en lugar de rendirse, ha cocinado pasta con almejas, porque sabe que es su comida preferida junto con la pasta con salchichas de Frankfurt, que encuentra demasiado básica para un Fin de Año, y ella y Sandro se han presentado en la habitación.

Le hacen hablar sobre los pódcast que escucha, y Reme le sugiere que se plantee estudiar Historia en la universidad, cuando le toque.

–Yo qué sé, mamá... –responde Linus, que no sabe qué será de él dentro de un mes, y menos aún dentro de dos o tres años.

–Déjalo, tiene tiempo para pensar –dice Sandro.

–Y tu padre no fue a la Universidad y no pasa nada –añade Reme.

–Ya...

Linus no quiere seguir hablando del futuro. Cuando acaban de cenar y todavía faltan un par de horas para las campanadas, le dice a Reme que le avise cuando sea la hora. Reme y Sandro recogen y se van al comedor, donde se ponen una película. Linus vuelve a dudar entre abrir el ordenador y el móvil, y opta por abrir el móvil.

Tiene un montón de llamadas perdidas de Menta y Silvio, y también mensajes de WhatsApp donde le dicen que flipan, que no se lo creen y que les diga algo. También le preguntan si está bien. Se agobia y a la vez siente un calorcillo agradable. Al menos se han preocupado por él. También tiene un mensaje de Brenda pidiéndole que la llame. Luego, un montón de mensajes de colegas de clase mandándole memes con su foto. Algunos de sus amigos del barrio le preguntan si es verdad lo que dicen de él. Muchísimos chicos y chicas del instituto, con los que no tiene relación, le escriben mensajes insultándole o burlándose de él. Hay bastantes a los que no tiene ni memorizados. Y en el chat del grupo de clase ve un número tan grande de mensajes que siente vértigo. Se va a la configuración y sale. Entre el aluvión de mensajes de amigos y familiares, ve uno que le llama la atención. Es una nota de voz de Liliana. Pulsa *play* y escucha:

«Eh, Linus. Aquí la friki de tu prima. Aunque ya veo que me has ganado en *frikilandismo*. Si quieres algo, aquí estoy. No te doy más la chapa, que debes estar harto. Besos y todo eso y blablablá».

Liliana ha vuelto a descolocarle, y ahora le sabe mal haberla dejado tirada cuando salieron de casa los abuelos.

Duda de nuevo qué hacer. Empieza a estar harto de tanto dudar, coge el teléfono y llama a Brenda. Pero la chica no le responde y Linus se incendia, con una llamarada de ridículo que al momento se transforma en rabia. Tanta que está a punto de borrar el contacto de su amiga. Pero no lo hace porque sabe que probablemente esté con su madre y los amigos con los que suele celebrar la cena de Nochevieja, o con Juanda, su chico perfecto y no monstruoso. No debe de oír el teléfono, y esa es la excusa que se dice, aunque sabe que Brenda mira el móvil cada dos minutos, como todos sus amigos.

Manda un mensaje al grupo del Club de los Gandules: «Eh, estoy vivo». Silvio es el primero en responder: «¡Tío! ¿Estás bien?». Linus le dice que sí. Flipando en colores y tal, pero bueno. Menta se añade al momento y va directo: «¿Lo de la foto es verdad?». Linus duda, pero opta por primera vez en la vida por ir de cara: «sip». Ambos amigos le mandan emoticonos de la cara de terror. Y le preguntan si está bien. Linus les dice que sí, que todo es extraño de narices, pero que no le duele ni nada. Le preguntan si puede salir de casa, quieren verle. Y Linus les dice que pasa. Menta, tan gandul que en invierno es incapaz de ducharse más de dos veces por semana, traiciona la esencia de su personalidad y le dice que, si le parece bien, puede ir él a su casa. Ahora mismo. Silvio dice que mola, que él también va. Y Linus envía el emoticono del puño con el dedo hacia arriba.

Luego le manda un mensaje de WhatsApp a Reme para decirle que sus amigos vienen a visitarlo. Reme se presenta en la habitación con un ademán muy serio.

–Pobres de ellos como te hagan una foto –suelta Reme.

–¡Mamá!

–Te lo digo en serio. No quiero ni una foto. Ni para hacer cachondeo ni por nada. Y hoy que no te líen. Te quedas en casa.

Linus la mira asombrado.

–Tu hijo no te avergonzará exponiéndose por ahí, no te preocupes –le escupe.

–No es eso. Solo que no quiero que tengas más problemas.

–Mamá, vete.

–Linus.

–¡Que te vayas!

Linus escribe a sus amigos: «traed priva de extranjis», y los amigos le responden como auténticos colegas y le dicen que sí.

No tardan más de media hora en llegar. Reme los acompaña a la habitación y Linus le dice que ellos verán las campanadas allí, a solas. Reme se resigna y les lleva uvas y una botella de cocacola, vasos, platos, bolsas de frutos secos y patatas fritas. Luego, se va al comedor con Sandro.

Silvio y Menta sacan el botín y cierran la puerta. Chocan el puño y las palmas de las manos con Linus a modo de saludo y se sientan, uno en la silla de despacho de Linus y el otro a los pies de la cama. Le cuentan que tienen WhatsApp petado de gente pidiéndoles fotos de Linus y que se han hartado de bloquear a impresentables.

–Yo he archivado el grupo de clase. Pesados –explica Menta.

–Yo me he salido –les dice Linus–. No quiero ni que me digáis lo que dicen.

–Bien hecho –sentencia Silvio.

Ninguno de los dos le pregunta directamente por la cola. Se interesan por su salud en general y evitan hablar del tema. Le cuentan que han descubierto una cuenta de memes humorísticos sobre Historia y se parten de risa mirando las frikadas que se ha inventado la propietaria de la cuenta de Instagram, una aficionada a la Historia de Jaén. Luego empiezan a lanzarse granos de uva en la boca intentando encestarlos. Planifican ponerse en círculo a las doce de la noche y que Linus le lance las uvas a Menta, Menta a Silvio y Silvio a Linus.

Inauguran una de las botellas de vodka y la mezclan con cocacola con una proporción claramente a favor del alcohol. Tienen la precaución de servirse y esconder la botella en la mochila de Menta por si Reme aparece en cualquier momento. También llevan chicles para enmascarar el aliento en caso de que la mujer les haga ir a la cocina o al comedor.

Linus solo ha comido medio plato de pasta, tiene el estómago vacío, y el alcohol le sube rápido y le entra una risa floja. Hace días que no se ríe, y de repente tiene muchas ganas de hacerlo. La alarma con el sonido de bomba del móvil de Menta suena para avisarles de que faltan cinco minutos para las doce. Abren el ordenador de Linus y eligen conectarse con una famosa cuenta de Twitch que retransmitirá las campanadas con conexiones a las casas de deportistas, youtubers y un cómico. Todos hombres.

Linus y Menta se preparan y exigen a Silvio que deje de chatear con Norma, una chica de la que se está colgando. En el ordenador, los famosos digitales van marcando cada campanada y los tres amigos se lanzan los granos de uvas y se ríen, porque apenas encestan ninguno y el suelo y la cama terminan cosido de granos esparcidos por todas partes.

Los tres amigos brindan y oyen que llaman a la puerta. Reme asoma y se los encuentra unos sobre otros encima de la cama.

–¡Feliz año nuevo!

Es evidente que Reme querría dar un beso a su hijo, pero la imagen de compañerismo de los chicos la detiene y opta por no violentarlo.

–Feliz año nuevo, mamá.

Reme les dice que ellos se acuestan y los chicos prometen no hacer ruido. Cuando Reme cierra la puerta, los chicos se echan a reír.

–Tío, menos mal que se ha pirado. Metemos una peste a vodka que flipas –murmura Silvio, muerto de risa.

Se sirven más alcohol y se ponen música a un volumen no muy alto para que Reme, que tiene la habitación en la otra punta del piso, no la oiga.

El teléfono de Linus suena. Es Brenda. Linus no ha contado nada de lo que ha pasado entre ellos a los amigos, y se ve forzado a contestar.

–Hola.

–Feliz año nuevo –le dice la muchacha.

–Feliz año nuevo. Estoy con Menta y Silvio.

–Ah, mola... ¿Cómo estás?
–Ya ves... En casa...
–Yo también.
–Guay. Bueno, te dejo, que están estos aquí mirándome con cara de zombis disecados.
Linus cuelga y los demás le miran meándose de risa. Linus teme que se le haya notado que está enamorado de Brenda, y responde a la defensiva.
–¿Qué?
–¿Zombis...
–... disecados?
Linus se ríe aliviado y vuelven a beber, a competir echándose pedos silenciosos y malolientes, a decir estupideces, a escuchar música y a beber aún más. Hasta que Linus los mira y les dice lo que hace rato tiene ganas de decirles:
–Tíos... ¿Queréis verla?
Los otros dos se miran.
–No pasa nada. No muerde. Es una puñetera cola.
–Da igual...
–No hace falta...
–De verdad, no me importa. Y podéis preguntar lo que queráis.
Los amigos quieren saber qué le han dicho los médicos y, cuando se enteran de que parece que no tiene solución, no saben qué más decirle y vuelven a beber de la botella de vodka. El silencio de los amigos le ahoga y, de repente, sabe lo que quiere hacer.
–Larguémonos. Me visto y nos piramos.
–¿Y tu madre? –pregunta Menta.
–Durmiendo. Venga. Aunque sea un rato. Quiero ir a felicitar el año nuevo a Brenda. Vamos a su casa y nos volvemos. O vosotros os vais adonde queráis.
–Cojonudo –responde Silvio–. Brenda mola mucho.
Linus se viste con unos vaqueros y una sudadera con capucha con la que se esconde. No tiene ganas de que nadie le reconozca. Solo quiere ver a Brenda unos minutos. Lo necesita.
Linus pilla el *skate* y salen de casa sin hacer ruido, aunque les cuesta, porque el alcohol les hace andar dando tumbos y se ríen sin parar, pero logran escabullirse hasta el ascensor sin ser descubiertos. Andan apresurados y, cuando calculan que Reme ya no puede oírlos, estallan en carcajadas. Suben a los *skates* y se desli-

zan hasta casa de Brenda, que vive en la otra punta del barrio. Se cruzan con un montón de gente que celebra que hace unos minutos era un año y ahora es otro, y Linus procura mantener la mirada baja y pasar al máximo desapercibido.

Cuando llegan a su portal, Linus la llama y Brenda responde.

–Hola.

–Estoy en tu casa, fuera, en la calle. ¿Bajas?

–¡Eh, tía, baja! –grita Menta para que la chica le oiga.

–Sí, tía, ven –añade Silvio.

Brenda cuelga y, mientras llega, los chicos sacan una botella de ginebra y se la pasan. Linus bebe con ansia por hacer lo que hacen todos y ríe porque los demás ríen, aunque no sabe de qué. Cuando la puerta se abre, se le cae el alma a los pies. Brenda sale con Juanda y ambos saludan. Brenda le abraza y se sorprende por el olor a alcohol.

Los demás les ofrecen compartir la botella y Juanda da un buen trago, pero Brenda les dice que ella pasa.

Linus, cegado por la confusión que le provoca la presencia de Juanda, agarra a Brenda por la cintura y le besa el cuello, abre su móvil y hace sonar una canción que a Brenda le encanta bailar en la clase de zumba del gimnasio, y se encara a Juanda:

–Vamos, un poco de movimiento. ¡Dice Brenda que te mola mucho ir a clase de zumba con ella!

–¿Qué dices, chaval, tú vas a zumba? –se ríe Menta.

–¿No jodas, a ver? –se añade Silvio.

–Linus –responde Brenda con tristeza.

–No pasa nada, amor –dice Juanda.

Al chico parece que no le afecta la actitud de Linus, que no deja de decirle que baile, sin hacer caso a los ruegos de Brenda para que pare. Pero Linus no escucha. Y tampoco escucha a Brenda, Silvio y Menta, que no quieren marcharse ahora que la situación se ha puesto interesante. Linus ha cambiado de canción y ahora pone otra igualmente bailable, pero más antigua y ridícula, sobre una bomba, y los amigos todavía se ríen más. Juanda le pide a Brenda que vuelvan a casa de la chica, donde los esperan unos amigos con los que pasarán el resto de noche, y la chica le dice que sí.

–¡No os vayáis! ¡Vamos a bailar la bomba! –grita Linus.

Y de repente se lanza sobre Juanda simulando que estalla una bomba, y Juanda lo empuja y Linus se rebota. Los chicos forcejean y los demás intentan separarlos. Juanda es más fuerte y lo arroja al suelo, agarrándolo por la ropa, y la pelea hace que el pañuelo se desanude y la cola queda a la vista de todos. Linus ve la mirada de espanto de los tres chicos y de tristeza de Brenda, y querría desaparecer y convertirse en una de las palomas mugrientas que vuelan asustadas sobre el grupo. Intenta levantarse, pero se marea y vomita. Brenda le sujeta y le pregunta si está bien, y Linus, con una voz pastosa y lenta, la manda al cuerno.

–¡Idos todos a la mierda! ¡A la mierda!

Los gritos alertan a un grupo de chicos y chicas, de unos treinta años, que pasa cerca de ellos. El grupo se fija en sus andares de borracho y en la cola liberada, y se dan codazos y se dicen que debe ser el chico del que tanto se ha hablado en las redes sociales.

Linus coge el *skate* e intenta marcharse, mientras Silvio y Menta lo miran como dos estatuas, sin saber qué hacer. Brenda corre tras él y le dice que espere y pide a los tres chicos que la ayuden a detenerle. Linus llora y rechaza a la chica y se enfrenta al grupo de curiosos que ahora han sacado los móviles y lo graban. Silvio y Menta empiezan a insultarlos y un par de chicos y una chica se ofenden y parece que empezará una nueva pelea hasta que Carla, la madre de Brenda, aparece y se planta delante de todos y ahuyenta a los curiosos amenazándolos con llamar a la policía.

–Os he visto desde la ventana. Se oyen los gritos desde casa.

–Menos mal, mamá...

–Vosotros dos, para casa –ordena la mujer a Silvio y a Menta. Y después se dirige a Juanda–: Y tú también.

Los chicos obedecen y Carla llama a Reme para que venga a buscar a Linus. Mientras esperan, Linus vuelve a vomitar y gimotea diciendo que es una paloma. Reme aparece en su coche vestida con abrigo y pijama y la cara desencajada. Abraza a Carla, le da las gracias y sube a su hijo al vehículo.

Cuando llegan a casa, la mujer lo mete en la cama sin desvestirlo y él se deja como si fuera un muñeco sin voluntad. Antes de dormirse, Linus murmura unas palabras:

–No soy una paloma... Soy un escarabajo de mierda.

9

Reme le deja dormir todo lo que quiere. Pero, en cuanto se despierta, lo manda a la ducha y abre las ventanas de la habitación para que entre el aire frío del primer día de enero y limpie la densidad maloliente y dulzona que lo impregna todo.

Linus no quiere moverse. Hibernaría hasta el siglo siguiente. Reme lo sacude:

–Linus, sal de la cama. Hueles mal. Tienes que ducharte.

–Me da igual. No te acerques.

–Tienes cinco minutos.

Reme sale y los cinco minutos pasan, y Reme asoma la cabeza y lo ve inmóvil en la cama, acurrucado, cubierto con la funda nórdica. A la mujer se le rompe el corazón. Quisiera hacer reaccionar a su hijo, protegerlo de todos los espantos, evitarle el sufrimiento, pero no sabe cómo hacerlo.

–Linus... Linus, venga, arriba. Ayer vomitaste, estás hecho un asco –le pide con una voz que quiere ser dulce, pero que le sale cargada de tristeza.

–Si me ducho, también daré asco.

Reme lo mira con impotencia. Pero se niega a que su hijo se regodee en la autocompasión y se acerca, lo coge del brazo, lo estira y prueba a que se levante. Pero el estirón de los últimos meses ha convertido a Linus en un chico más alto y algo más fuerte. Estira el cuerpo hacia la cama y Reme no consigue moverlo.

Sale de la habitación y llama a Tomás, que le dice que le deje dormir la mona y la resaca. Él pasará por la tarde.

–Ya ha dormido suficiente. Se ha despertado solo. Ven y ayúdame a hacerlo reaccionar.

–No, Reme. Déjalo. Debe tener dolor de cabeza. Dale un poco de margen, por favor. Y tú descansa.

Reme quisiera decirle que está harta de ser ella siempre la que tire del carro de todo. Que siempre tiene que ser la que lleve la voz cantante. Que al menos Tomás podría agradecerle que sea ella la que piensa, organiza, hace y deshace (porque si no, él no haría casi nada) y, por lo menos, podría apoyarla y hacerle un poco de caso. Pero no lo hace porque es algo que se han dicho mil veces. Y Linus los ha oído discutir sobre lo mismo en bucle sin lograr salir de él. Sí, ya se lo han dicho todo. Por algo se divorciaron.

Reme se nota muy cansada y se deja cuidar por Sandro durante todo el día. Y le dice que sí a salir a dar una vuelta. No avisan a Linus y tampoco le dicen «hola» cuando vuelven. De la habitación del chico no sale ni un ruido. Linus ha aprovechado que no estaban para ir al lavabo y mear y beber agua del grifo directamente.

Ha mirado el móvil y, en el chat del Club de los Gandules, se ha encontrado con enlaces a *stories* y publicaciones de Instagram y otras redes con fotos suyas de la noche anterior. Los imbéciles con los que se cruzaron y con los que estuvieron a punto de pelearse le hicieron fotos. Y también hay otras hechas desde arriba de algún vecino que los debió ver y los fotografió y grabó desde su ventana. Las reacciones son de horror y de burla. Alguien pide que descuelguen las imágenes por respeto al pobre chico de la cola.

Se ha convertido en el monstruo que asusta y divierte. Que da pena. Cierra el móvil, decidido a no volver a abrirlo nunca más. Solo escupe noticias que le perturban.

Estaba borracho, pero recuerda perfectamente la reacción de Silvio y Menta. Se horrorizaron al ver la cola. No pudieron disimularlo. Son sus amigos y hoy le han escrito. Pero no le han preguntado cómo está. No le han dicho: «Tío, no es para tanto». Han callado y le han enviado los enlaces para que vea cómo lo ve la gente. Es su forma de decirle que ellos lo ven así. En Brenda no quiere ni pensar.

Se pasa el día drenando el alcohol que se tomó ayer. Bebe agua y mea y vuelve a la cama. Y así en un círculo infinito.

Tomás aparece por casa y se pasa un buen rato hablando con Reme. Luego, ambos entran en la habitación de Litus para hablar con él. Han tomado una decisión.

—Mañana llamaremos a la doctora Santiago para que te visiten otra vez —dice papá.

—Queremos que vuelvan a valorar la operación. Que antes te hagan todas las pruebas que quieran. Pero creemos que es lo mejor —sigue Reme.

–Vuelven a correr imágenes de ti, de anoche –explica papá.

–Si no me ha sonado el teléfono es porque es uno de enero. Ya verás mañana. Y si me vuelvo a encontrar a esos carroñeros en la puerta de casa, haré un disparate.

–Reme, no. Por favor –pide Tomás.

–Hoy quédate en cama. Pero mañana a primera hora te levantas y te duchas. Se acabó este encierro –concluye Reme.

–Linus, también puedes salir ahora y cenar con nosotros. Si quieres, me quedo.

Linus le dice a Tomás que no hace falta y sus padres le dejan en paz. Les vuelve a oír hablar, pero no se esfuerza en saber de qué va la conversación porque ya lo sabe. Él. Su monstruosidad y cómo está mandando a la mierda la vida de todos. No quiere ni pensar qué dirán los alumnos de la escuela de Reme. Son pequeños, pero por eso mismo no se van a callar. Por ahora, Tomás ya ha tenido que tomarse unos días de vacaciones para que no le miren como un alien, porque, cuando vuelva, todavía le mirarán peor. Y él... Él ya no tiene amigos, ni futuro, ni hermana. Ni intimidad. No puede ni permitirse vivir a sus anchas. Ni eso le queda.

Al día siguiente, Reme cumple con su palabra y abre las persianas a las ocho de la mañana.

–¡Arriba! Fuera de tu madriguera. A la ducha. Ya he llamado a la doctora. Nos espera en el hospital.

Linus obedece con docilidad, dejando que sea otro el que mueva los hilos de una vida que no dirige. Camina como un autómata hasta el baño y se ducha. Enjabona la cola y la frota tan fuerte como puede con una esponja, como si pudiera borrarla. El color morado de las pequeñas escamas palidece al contacto del roce, y al instante vuelve a subir de nuevo. Linus lo observa y bulle de rabia. Al momento, el color morado sube más, hasta volverse casi de color berenjena. Linus se asusta. Cambia la temperatura del agua y remoja la cola con un chorro de agua fría y, poco a poco, la piel vuelve al morado suave original. Se dice que es mejor no pensar, se seca y se viste.

Reme le permite desayunar, pero le mete prisa para que no se empane. Lleva una hora levantada y quiere ponerse manos a la obra en lo que juzga el fin de una situación demencial.

Por suerte, viven en un edificio bastante moderno y con garaje. No necesitan pisar la calle, solo toman el ascensor y acceden directos al sótano. Allí se cruzan con el vecino del tercero segunda, que los mira sorprendido y curioso. Reme le devuelve una mirada glacial:

–¡Buenos días! –ruge Reme, de mala leche.

–Buenos días –murmura el hombre, y entra en el ascensor cabizbajo.

El hospital es un hervidero. El mundo ha vuelto a la vida después de los dos días de fiesta, y nadie se fija en ellos. Hay prisa, miradas de inquietud, dolor, preocupación, aburrimiento, hastío y sueño. Linus lo observa todo discretamente gracias a la pantalla protectora que le garantiza la capucha de la sudadera. Cuando llegan a recepción, les hacen pasar a un box en el que se desnuda, se viste de nuevo con la bata y al momento se lo llevan para someterlo a una nueva tanda de pruebas: escáner, TAC, radiografías, ecografías y todos los aparatos que tienen disponibles en el hospital. Más hilos que le estiran por aquí y por allá. Todo el mundo es amable con él, incluso simpáticos. Uno de ellos, un camillero, bromea:

–Chaval, nos estás haciendo ir de culo con lo que te ha salido en el culo.

–Pero qué bruto, no le digas esas cosas al chico –le riñe una enfermera con el pelo tan rizado como él, pero rubia.

–No pasa nada –dice Linus, aliviado porque por fin alguien lo ha tratado como si fuera de carne y hueso y no de cristal. Mira al camillero, un hombre de unos cincuenta años, bajito, medio calvo y delgado, y le devuelve una sonrisa. El hombre le aprieta el brazo en señal de ánimo.

Cuando vuelve al box, Tomás está con Reme; todavía esperan un buen rato a que estén los resultados. Cuando empiezan a desesperar y Tomás y Reme se están organizando para ir a comer por turnos, llega la doctora Santiago. La doctora no trae buenas noticias. Pide a Reme y a Tomás hablar a solas, pero Linus lo tiene claro.

–Me quedo.

Los adultos se miran y asienten.

–Hemos detectado una pequeña novedad, pero es importante.

Linus respira hondo, y Reme y Tomás se miran preocupados. La doctora sigue con el diagnóstico.

–Teníamos localizada una pieza que unía el coxis con el resto del apéndice. Pensábamos que estaba hecha de cartílago, pero ha cambiado de aspecto. Se ha endurecido, y creemos con casi toda certeza que es un hueso.

–¿Y esto qué significa? ¿No es bueno? –pregunta ansiosa Reme.

–El apéndice cuenta con una red de nervios y sistema sanguíneo que también van a parar a esta pieza y que, a la vez, están conectados con la primera vértebra lumbar. Esto significa que descartamos definitivamente la intervención.

–¿Por qué? –pregunta Tomás.

–Es demasiado arriesgado. –La doctora mira directamente a Linus–. Hay nuevas conexiones nerviosas que no podemos saber qué implica si las amputamos. Puedes quedar afectado de la médula espinal.

Tomás, Reme y Linus la escuchan en silencio. Hasta que Linus toma la palabra:

–O sea, ¿que voy a tener que aguantar así toda la vida?

–Sí. A menos que haya algún cambio importante que implique un riesgo aún mayor para tu salud si no te operamos. Pero si no lo hay, no vamos a hacerlo.

–¿Y ya está? –dice Reme, perpleja ante la contundencia de la doctora Santiago.

–Seguiremos con las revisiones periódicas, porque está claro que evoluciona. Linus, aparte del cambio de color que nos has contado esta mañana, ¿puedes recordar algo más que te llame la atención? Aunque sea pequeño.

–Puedo controlar mejor los movimientos.

–¿Lo ves? Esto confirma la conexión con la médula espinal. Repito, no podemos arriesgarnos a que quedes afectado de tu movilidad general.

–Pero... –murmura Reme.

La doctora Santiago se la queda mirando y Reme no puede continuar con la frase. No sabe qué decir. No encuentra nada que pueda apuntar a la salida del pozo en el que están hundidos. Porque ya fue suficientemente duro tener que admitir que no había una solución a corto plazo, pero las palabras de la doctora acaban de sentenciar a Linus a un estado permanente, al de un humano con cola de por vida, y Reme no sabe cómo afrontarlo.

–Lo siento mucho... Por lo demás, todas las analíticas están perfectas. No existe ningún indicador alterado. Estás bien de salud.

–Pediremos una segunda opinión. Necesitamos los resultados de las pruebas para poder enseñarlas –dice Tomás. Y Reme lo mira sorprendida y esboza una sonrisa y lo toma de la mano, porque ha encontrado un cabo al que aferrarse.

La doctora Santiago da las órdenes para que les entreguen una copia de los resultados.

Se despiden en la puerta del hospital con un ánimo distinto. Ya saben qué hacer. Tomás y Reme se pasarán la tarde, cada uno por su parte, buscando a los mejores médicos de consulta privada que puedan atender a Linus. Tomás buscará traumatólogos y Reme neurólogos.

Cuando llegan a casa, Reme ordena a Linus que lleve los apuntes al comedor y que estudie allí. Se ha hartado de verlo encerrado en la habitación, y no piensa consentírselo.

Linus trata de concentrarse en las tres materias que tiene atravesadas, mientras escucha de fondo a Reme, que no deja de hablar con amigos, familiares y conocidos de todo el planeta en busca de un mago o una bruja médica y altamente científica que pueda salvarlos. Por la noche, Reme y Tomás sostienen una larga conversación y deciden pedir hora urgente a una traumatóloga y un neurólogo que les han recomendado.

Cuando al día siguiente llaman a la doctora en traumatología y explican cuál es el caso, les dan hora para esa misma mañana. Y lo mismo ocurre con el neurólogo. Y es tanta la calma que a Reme le produce el saber hacia dónde se dirigen, que ni los periodistas que han vuelto a colarse en el teléfono de Reme logran alterarla. Oye cómo se presentan, cuelga el teléfono y bloquea el número sin cruzar una sola palabra.

–Mamá, qué educada –bromea Linus.

–Quiero gastar la energía en ti, no en ellos –responde la mujer.

Linus vuelve a prepararse para más visitas médicas. Se lo toma como una rutina. No quiere hacerse ilusiones. Y, efectivamente, la traumatóloga les dice que es de la misma opinión que la doctora Santiago, y desaconseja operarle. Pero, por la tarde, el neurólogo les abre una pequeña vía de esperanza.

–Aún no puedo avanzar nada, pero en cuanto me han llamado me he puesto en contacto con un grupo de investigación de Australia. Son el equipo médico que asumió la separación de dos gemelos siameses que presentaban características muy complejas, especialmente en lo que se refiere a las columnas vertebrales. Y salieron adelante.

–¿Y qué han dicho? –pregunta Reme.

–Por ahora, nada. Hemos quedado en que les enviaría todos los informes que ustedes me proporcionaran y que, a partir de ahí, hablaríamos. Pero que estaban totalmente dispuestos a colaborar en lo que fuese. Nos ponemos ahora mismo. Esperamos no tardar mucho en dar una respuesta.

–¿Necesita que hagamos algo mientras tanto? –pregunta Tomás.

–No pierdan la esperanza, por favor. Y disfruten de lo que queda de fiestas.

Por primera vez desde que empezó todo, Linus se permite sentir un minúsculo optimismo. Y, cuando regresan de la visita, no hace falta que Reme le diga que estudie ni que lo haga en el comedor, porque se pone él mismo por propia iniciativa. El cambio que ha representado la visita con el neurólogo respecto al mazazo de la doctora Santiago permite a Linus respirar sin temor a ahogarse.

–Si te apetece, por la noche puede venir quien quieras. Incluso Silvio y Menta –le dice Reme–. O Brenda. Carla me ha estado preguntando mucho por ti. Dice que Brenda quiere verte, pero que tienes el móvil apagado y tampoco respondes a los correos electrónicos.

–Da igual, mamá. Así estoy más tranquilo.

Reme le mira. Querría saber qué le pasa a su hijo por la cabeza. Y aunque sabe que no lo va a lograr, no quiere dejar de llamar a su puerta. Su hijo ya lo sabe, pero insiste en hacerle saber que puede contar con ella.

–Linus, son tus amigos. ¿Por qué no les llamas?

–No me apetece.

–Te quieren; sobre todo, Brenda. Sois amigos desde pequeños. No la dejes a un lado. Todo lo que estás pasando es muy duro, y por mucho que tu padre y yo estemos a tu lado, tienes quince años y necesitas a tus amigos.

–Mamá, les llamaré cuando el médico nos cuente si al final pueden operarme. ¿No estás contenta por lo que nos han dicho?

La mujer sonríe.

–Sí, mucho. No quiero hacerme demasiadas ilusiones, pero estoy contenta, sí.

–No sufras por mí. Ya hablaré con Brenda. Va, y déjame estudiar. Si suspendo, será por tu culpa.

La broma del chico relaja a Reme, que le deja tranquilo.

Por la noche cenan juntos y se ponen a ver una serie que les hace reír, sobre asesinatos en un edificio y tres vecinos frikis que los investigan mientras graban un pódcast. Están de tan buen humor que Linus se atreve a bromear:

–Mamá, si grabase un pódcast, nos ganábamos una pasta.

–Mejor que no.

–Que sí. Tendríamos patrocinadores que pagarían mucho dinero. Soy un caso único en el mundo. Estamos haciendo el idiota. Y escribiría un guion con datos científicos, pero soltaría monólogos humorísticos para dejar a todo el mundo retratado. A los imbéciles que me sacan fotos... A todo el mundo. Y me propondrían que escribiera un libro y firmaría por Sant Jordi.

–Sí, claro. No lees, pero puedes escribir. Qué morro tienes –le reprocha Reme con simpatía.

–¡Ya lo tengo, mamá! ¡Firmaría con la cola. ¡Y tendría mucha cola! ¡La más larga de todos los Sant Jordis de la historia!

–Mira que puedes ser tonto.

Linus no lo dice en serio, pero pensar en ello le ha divertido. Le da un beso a Reme y esta le pide que le deje ver la cola. La mujer sigue insistiendo en llamarla «apéndice» o en no mencionarla directamente, y se lo ahorra con un «déjame verlo». Linus se la muestra y la mujer, por mucho que intenta mirar con buenos ojos, no lo consigue. Linus vuelve a sentir la inquietud de los últimos días y una nube negra se asoma al techo del comedor, y se apresura a volver a enroscar la cola y a esconderla con el pañuelo alrededor de la cintura. Todavía están dentro de la pesadilla. Pero la tregua permite que se acueste más tranquilo y que concilie el sueño solo con tumbarse. La nube se marcha.

10

Es cinco de enero, los Reyes llegan por la noche, pero en casa de Linus se adelantan y al mediodía les traen un regalo anticipado. Reme le despierta de la siesta, excitada.

–Dicen que hay posibilidades. Ya he llamado a papá. Dicen que es posible que te puedan operar. Nos han citado para contárnoslo. Querían dejarlo para el día siguiente de Reyes, pero les he dicho que no, que íbamos ahora. ¡Vístete!

Reme le abraza emocionada y corre a llamar a Tomás, que está terminando de hacer compras de última hora. Linus se viste a toda prisa. El gesto de envolver la cola alrededor de la cintura con los diferentes pañuelos que le ha dejado Reme lo hace sin pensar. Ya ni le afecta. Lo hace y basta.

Reme le da un beso dulce y sentido en la mejilla cuando están en el ascensor.

–Te quiero.

Linus esboza una media sonrisa. Su madre le revuelve los rizos pelirrojos. Es un gesto que ha hecho toda su vida cuando está contenta. Los rizos del Linus siempre han sido su debilidad.

–Mira que eres guapo.

–Mamá, basta.

Reme se ríe del arrebato de vergüenza adolescente.

En el coche, la mujer deja que Linus elija la música y, aunque hace sonar a ese cantante de Canarias que tanto la agobia, no dice nada.

–Mañana te toca ir a casa de papá, ¿te acuerdas? He comprado el disfraz de Spiderman que pedía Iso. Esa niña me encanta.

–Mamá, yo ya le he comprado la cámara submarina.

–Da igual. Este año he querido comprarle un regalo yo también.

Linus no había vuelto a pensar en el día de Reyes. Ni tampoco en Isolda y en que tendrá que verla. Pensaba que seguiría en el limbo en el que está viviendo, encerrado en casa, estudiando para llenar las horas en las que no ve series ni escucha pódcast ni ve vídeos. Se le hace cuesta arriba. Pero quizá sea diferente. Quizá mañana le dirá a su hermana que podrán curarlo y deje de asustarla. Y, con algo de suerte, volverán a jugar juntos y a ver películas de superhéroes y de princesas valientes. De hecho, sabe que Reme le ha comprado un regalo de más para que Linus lo tenga más fácil y la niña lo reciba mejor.

Tomás los espera en la puerta del médico. Ha ido en su moto y ha podido navegar mejor en el mar de tráfico que inunda la ciudad. El atasco por las retenciones que provoca la cabalgata de Reyes y las compras de última hora son lo único que ha tensado a Reme, que encara la visita con optimismo. En la clínica privada donde los han convocado les han pedido que no tardaran, porque querían cerrar antes del mediodía por ser la vigilia de Reyes. Pero han llegado a tiempo, y entran inquietos y esperanzados.

El neurólogo, el doctor Casajoana, los atiende en un despacho que los deja deslumbrados. Decorado con muebles caros y modernos, se sientan en tres butacas lujosas y miran a través de los enormes ventanales de cristal, por donde contemplan el lienzo de edificios de la ciudad.

El doctor, de aspecto cuidado, pelo cano y elegante, roza los sesenta años. Los saluda con cariño, especialmente a Linus.

–Fenómeno. ¿Cómo vas? Debes estar harto, imagino.

A Linus le cae bien. Quizá por el olor dulce y suave de la colonia que lleva, o porque su afabilidad es auténtica. De hecho, le ocurre lo mismo con la doctora Santiago, se dice, contra la que no tiene nada, al revés. Siempre lo ha tratado con respeto, como si no fuera un chiquillo de quince años. Ella no lo apoda «fenómeno» y lo llama por el nombre, y aunque no le ha podido ofrecer ninguna puerta de salida del callejón en el que vive, no se lo tiene en cuenta.

El doctor les habla con franqueza. Les dice que su caso es altamente complejo, único en el mundo. Y que se encuentran frente a un reto médico de alcance mundial.

–Supongo que entiendes que vas a salir en todas las enciclopedias médicas. Y no hay para menos. Te encuentras bien, puedes hacer vida normal más allá de la pandilla de zopencos que te agobian, pero, claro, no deberías tener esa cola colgando del coxis.

A Linus, el doctor le cae cada vez mejor. Es el primer adulto que reconoce sin tapujos lo que tiene. Y es la primera vez que Reme no salta a la yugular de nadie que menciona esa palabra que se ha convertido en tabú en la familia. El hombre sigue con su explicación:

–Hemos comparado el caso de Linus no solo con el caso de los gemelos siameses australianos, sino también con otros casos de gemelos siameses de otras partes del mundo. ¡Y aquí tenemos la clave para encontrar la solución!

–¿O sea, que sí que puede operarlo? –pide Reme, esperanzada.

–Exacto –concluye el doctor.

A los tres les cambia la cara. Pero Linus se da cuenta de que el doctor se detiene un instante para tomar aire.

–Eso sí, debéis tener en cuenta que la intervención conlleva riesgos.

–Lo entendemos –se adelanta Reme.

–Os pediremos que firméis un documento de consentimiento, como es habitual. Donde todo queda muy claro y donde consta que se nos exime de cualquier responsabilidad, más allá de una mala praxis médica que, evidentemente, no se va a dar –se explica el doctor.

–¿Qué riesgos? –pregunta papá.

–Un treinta por ciento de sufrir efectos secundarios en su movilidad.

El dato se convierte al instante en una gigantesca losa que bloquea el acceso a la cueva de la que creían poder salir.

–Un treinta por ciento es muchísimo –murmura Reme.

–Y, como en todas las intervenciones, también hay un riesgo menor de que haya otras consecuencias que ahora no podemos prever al encontrarnos ante un caso tan raro.

–¿Y riesgo por su vida? Quiero decir, en la intervención, o después, una vez hecha la amputación –pregunta Tomás, dispuesto a asumirlo todo de una vez.

–Eso entraría dentro de ese tanto por ciento de incertidumbre del que les acabo de hablar.

–¿Y qué tanto por ciento es? –pregunta Reme, temerosa.

–Pues... un diez por ciento, quizá menos...

Los tres se miran asustados. La salida de la cueva está resultando casi imposible. El doctor sigue un rato largo dándoles explicaciones médicas y argumentos para justificar todo lo que les acaba de decir. Quiere que se vayan con la mochila llena de información con la que poder valorar qué hacer.

–Ya sé que el panorama no es idílico, pero debéis tener en cuenta algo muy importante: el buen estado de salud de este fenómeno. Afrontaría la operación en la mejor de las condiciones. Pero os pido que lo penséis bien, que habléis y meditéis. Si hace falta, podemos vernos para resolver más dudas tantas veces como sea necesario.

–¿No quieren hacerle más pruebas? –pregunta Reme.

–Por ahora, no.

Cuando salen, Tomás le propone a Reme que aparquen el tema. Es noche de Reyes y se merecen desconectar. Propone que lo reposen y lo hablen con calma en unos días. Reme apenas puede responder un breve y casi silencioso «sí». El entusiasmo que la ha hecho brillar como una luciérnaga ha huido, y sus ojos vuelven a estar apagados y abatidos.

Linus ha decidido hacer caso a su padre. Aparca el tema y se concede vacaciones mentales, y es él el que empuja a Reme a cumplir con el ritual de la noche de Reyes, y deja una zapatilla deportiva agujereada y maloliente encima del sofá con el objetivo de que los Reyes se acuerden de él. Recupera una chancleta de piscina que Isolda dejó olvidada por casa el pasado verano y que, a buen seguro, le irá pequeña. Y aunque lo hace maquinalmente, Reme escoge una de sus botas de tacón alto y una de las zapatillas de estar por casa de Sandro y las deja junto al zapato de Linus y la chancleta de Isolda. Después colocan los regalos que cada uno ha comprado junto al zapato correspondiente y hacen una foto y la mandan a Tomás y a Miriam para que al día siguiente, cuando Isolda se levante como siempre hacia las seis o las siete del mañana, la puedan tranquilizar diciéndole que en casa de Linus también hay un regalo para ella. De hecho, dos.

Por la mañana, Linus se despierta muy temprano. Lleva tantas horas de sueño encima estos últimos días que el cuerpo le ha dicho basta. Se viste y aprovecha que en la calle no pasa ni un alma para salir a dar una vuelta con el *skate*.

Son poco más de las seis y no se oye nada, como si la ciudad estuviera en *mute*. Se desliza, se desliza y, sin darse cuenta, está ante la casa de Brenda. Mira hacia la ventana de su habitación, teñida con la oscuridad del sueño de la chica. Lleva su móvil y lo enciende. En el WhatsApp le aparecen mensajes de Silvio y Menta que no lee. De Liliana, que le manda un corazón y el emoticono de un robot. Y en el chat de Brenda hay cinco mensajes pidiéndole que la llame, por favor. Linus la llama y espera unos segundos. La chica responde.

–Asoma la cabeza por la ventana –le dice Linus.

La ventana de Brenda se abre y la chica aparece con cara de sueño. Lo ve y le saluda con la mano y vuelve a desaparecer. Minutos después, sale a la calle calzada con zapatillas y vestida con una sudadera sobre el pijama. El sueño le endulza los rasgos y la tiñe de una ternura que acelera el corazón enamorado de Linus, que tiene que contenerse para no decirle que la encuentra preciosa.

–¿Qué haces aquí a estas horas?

–No sé. Airearme. Y venir a verte.

La chica lo mira y sonríe. Linus está a punto de acercarse y darle un beso en los labios, pero se aguanta. Escoge contarle todo lo que le han dicho los médicos. Hablar le sienta bien. Le ayuda a ordenar las ideas. El riesgo que tendrá si se opera es muy grande, pero al hablar con Brenda, al sentir el dolor por no atreverse a darle un beso por miedo al rechazo, tiene la certeza de que quiere operarse. Se lo dice a Brenda sin mencionar que ella tiene mucho que ver en la decisión, y la chica lo mira preocupado.

–¿Y no tienes miedo?

–Sí, claro. Estoy cagado. Pero todavía me da más miedo vivir así. No me da la gana ser un bicho raro. No quiero.

–¿Y si te ocurre algo en la operación?

–Habrá que joderse. Pero quiero probarlo.

–Linus, qué mierda... y qué valiente eres.

Brenda lo abraza y Linus se deja consolar por los brazos de su amiga. Pensaba que ella querría quitarle la operación de la cabeza, que le diría que no hace falta, que le quiere tal y como es, pero Brenda, si lo piensa, se lo ha callado.

Están un buen rato charlando: de los regalos de Reyes, de los exámenes que tendrá Linus dentro de pocos días. Y de lo que quieren hacer el próximo año, cuando tengan que elegir qué estudiar. Brenda le dice que estas Navidades ha decidido que quiere estudiar Bellas Artes, y que buscará un instituto donde hacer el bachillerato artístico para aprender a dibujar de verdad, más allá de los dibujos y cómics a los que se dedica siempre que puede.

–Me moriré de hambre, porque no sé de qué viviré, pero me da igual. Ya me buscaré la vida.

–El primer cómic que publiques tiene que ser mi historia.

–¿Y cómo lo titularemos?

–¿El culo mutante? –propone Linus.

–¡Tío! No venderemos ni uno.

–Mierda de vida.

–Fatal.

–Bueno, ya lo pensaré. Es que todavía no sé cómo termina.

Brenda le dice que tiene razón y que esperarán a ver qué pasa. El chico no quiere preguntarle por Juanda y ella tampoco habla de él. Y luego se despiden porque Linus no quiere que Reme se levante y sufra un ataque al corazón cuando descubra que no está en casa.

Cuando llega, Reme todavía duerme, y Linus la sorprende con los churros que ha comprado en la churrería del barrio y con el chocolate caliente que le ha preparado. Cuando ambos se terminan el desayuno, le dice lo que ha decidido:

–Mamá, quiero operarme. No puedo soportar vivir así.

Reme le mira conmovida por la decisión y porque su hijo, por fin, ha abierto una pequeña puerta a su interior. Una lágrima se desliza mejilla abajo, empujada por la gravedad y la emoción.

–¿Estás seguro?

–Segurísimo.

Se dan los regalos con una extraña excitación. La decisión lo cambia todo, y se sienten en un territorio nuevo e incierto que los inquieta y también los emociona. Linus le ha hecho un vale por unas clases particulares de *skate*. Y Reme le regala la suscripción a un canal de series, dos sudaderas enormes, los calzoncillos de cada año y un libro que, esta vez sí, Linus piensa leer para hacerla feliz.

Linus se marcha a pasar el día a casa de su padre, con la intención de arreglar las cosas con Isolda. La echa de menos. Es una niña de siete años y, aunque le da vergüenza contárselo a sus amigos, la quiere bestialmente. El día de Reyes es el preferido de su hermana, y no tiene ganas de que su presencia estropee la alegría y la ilusión con la que lo vive.

Cuando entra, lo reciben Tomás y Miriam. Le dicen que Isolda está en el comedor, esperándole para abrir el regalo que los Reyes han traído para él. Y que se muere de ganas por saber qué le han traído en casa de Reme y Linus. Linus entra nervioso. Iso no lo ha recibido saltando a sus brazos, como suele hacer, y teme que no signifique nada bueno.

Se la encuentra fascinada leyendo un álbum ilustrado sobre la vida de una oruga que le han traído. Cuando le ve, lo mira seria.

–¿No me dices hola?

–¿Puedo darte un beso? –le responde la niña con un hilo de voz que echa a volar como una pequeña nube.

–¿Y por qué no podrías darme un beso?

Isolda se encoge de hombros.

–Ven.

La niña se levanta, camina hacia Linus, le da un abrazo suave y calentito y le ofrece el tercer regalo de Reyes y el más deseado:

–Perdona...

–No pasa nada.

–No me importa esa cosa que te ha salido...

–No hace falta que la mires.

–¿No te enfadas si no la miro?

–No. La llevo envuelta con un pañuelo.

–¿Me lo prometes?

–Te lo prometo.

La niña sonríe y, a partir de ahí ,el día se vuelve luminoso y divertido. Isolda desenvuelve el primer regalo que le trae Linus y rasga el papel para liberar el disfraz de Spiderman. Grita feliz al verlo y, al momento, se quita el jersey y la falda y se queda en camiseta y leotardos para vestirse de niña araña.

–SpiderIso –la bautiza Linus.

–¡SpiderIso! –grita Isolda.

Y se pasa un buen rato blandiendo la mano a diestro y siniestro y silbando para imitar el gesto del superhéroe cuando lanza telarañas. Después abre el segundo regalo, la cámara submarina, y da otro chillido de alegría y la toquetea para descubrir cómo funciona, hasta que Linus se queja de que él no ha podido abrir su regalo. Isolda le da permiso y Linus descubre que le han regalado un proyector y una pantalla para su habitación. Es un muy buen regalo, y Linus se entusiasma al verlo. Pero también sabe que Tomás y Miriam han pensado en lo que vive y en cómo hacerle más fácil el encierro, y el pensamiento le provoca un pequeño retortijón en el estómago.

Tomás y Miriam le agradecen el regalo que les hace Linus, una *fondue* para que puedan hacer comidas y cenas juntos mojando pan con queso o friendo carne o lo que quieran. Isolda no sabe qué es y, cuando se lo cuentan, se emociona y propone hacer una hoy mismo. Le dicen que hoy no puede ser y le prometen que invitarán a Linus para estrenarla lo más rápido posible, y la niña se conforma. A la hora de comer vienen el abuelo Joan y la abuela Marta con más regalos para todos, y Linus se olvida de todo porque nadie habla de lo que le pasa. Le toca la figurita del roscón, e Isolda lo corona. Linus quiere pensar que es una muestra de buen augurio y después de comer, mientras todo el mundo descansa en el sofá menos Tomás y él, que se encargan de recoger la mesa y la cocina, aprovecha para hablar con su padre.

Cuando le dice que ha decidido operarse y que Reme está de acuerdo, a su padre le cambia la cara y deja de lavar la cazuela de las albóndigas con sepia que ha cocinado Miriam.

–No.

–¿No qué, papá?

–No quiero que te operes. Es demasiado arriesgado. No quiero que te pase nada.

–Papá, soy yo, es mi vida. Y quiero hacerlo.

–No valoras bien los riesgos ni lo que puede pasarte. Puedes terminar en una silla de ruedas o con el cuerpo medio paralizado. Si crees que lo que vives es horrible, imagina cómo puedes quedar.

–Papá, lo he pensado. No puedo vivir así.

–Sí que puedes. Te acostumbras, y la gente también. Ahora les parece raro, pero dejarán de pensarlo.

–Soy un caso único en el mundo. ¡No dejaré de ser un monstruo nunca! –grita nervioso Linus.

–No te lo autorizaré.

–¡Papá, hostia! –ahora Linus grita más fuerte.

La discusión llega al comedor y Miriam entra a ver qué pasa. Isolda también se asoma para curiosear.

–No voy a hacerlo. No voy a firmar. Lo llevo pensando desde ayer, y no vale la pena. No voy a cambiar de opinión. No te operarás.

A Linus le tiembla el cuerpo de rabia y, aunque no la ve, nota que la cola hierve y cambia hasta subir del morado suave al color berenjena. Lanza el trapo con el que secaba las copas al suelo y sale de la cocina. Isolda no entiende nada.

–Linus, ¿qué ocurre? ¿Tienes que operarte? Linus...

Linus coge sus cosas y se va sin despedirse de nadie, solo de Isolda.

–Ya te lo cuento otro día...

La besa y sale a la calle. Los Reyes, al fin y al cabo, le han traído un buen saco de carbón.

11

La tormenta arrecia sobre la casa de Linus. Una tormenta de reproches, malas palabras y desencuentros entre Reme y Tomás. Toda la basura acumulada durante los últimos años de matrimonio y los del divorcio emerge y los enfanga. La pareja hace ya tiempo que se separó, pero la intensidad con la que discuten y la acritud con la que lo hacen ponen sobre la mesa todo lo que han escondido bajo la alfombra hasta ahora.

Reme vive como una traición que Tomás no esté de acuerdo con que Linus se opere. Y Tomás la acusa de no aceptar la realidad. Y, aún más grave, de no aceptar a su hijo ni ahora ni nunca: por no leer, por no crecer, por no tener iniciativa suficiente y, ahora, por su cola. Porque, a partir de ese momento, Tomás repite la palabra de manera incansable. A Linus le haría feliz que el tabú se hubiera borrado, pero es evidente que Tomás solo lo hace para fastidiar a su madre.

Linus vuelve a refugiarse en la habitación para no escuchar los gritos y las discusiones. Algunas en persona y la mayoría por teléfono. El buen rollo y el entendimiento habitual entre sus padres se ha ido al traste, quién sabe si para siempre. Y Reme llega a amenazar con llevar el caso a los tribunales para que sea un juez el que permita autorizar la operación.

No le preguntan por su opinión, dando por hecho que no ha variado de postura. Pero ahora mismo no sabe qué pensar y el cerebro se le ha acelerado. Solo quiere que sus padres no se peleen, pero no sabe cómo detener la guerra. Y después de semanas de mutismo, toda la familia se ve con derecho a opinar. Más ruido, más reproches y más ataques de unos contra otros.

La única que se mantiene al margen es Miriam, que, cuando le manda mensajes de Isolda, ahora siempre añade un corazón de su parte.

La niña le envía un mensaje que lo hace tambalear: «Linus, no quiero que te mueras». No se lo enseña a su madre para que no acuse a Tomás de manipular a Isolda. Pero lo lee una y otra vez.

Una tarde en la que Reme y Tomás le acompañan a visitar al doctor Casajoana, Linus estalla:

–¡Dejad de discutir de una vez! –grita fuera de sí.

–Linus, lo hacemos porque... –empieza a justificarse Reme.

–¡Dejadme en paz! –chilla aún más fuerte–. Me largo de casa.

–¿Se va a vivir contigo? ¡Me lo veía a venir! ¡No hay derecho, Tomás! –grita indignada Reme.

–¡Qué no! Donde sea, pero ni contigo ni contigo –sentencia Linus–. Estoy harto de vosotros.

Se tapa con la capucha de la sudadera y los deja plantados frente al portal de la consulta. Empieza a andar y piensa.

Linus no tiene ni la más remota idea de adónde ir para alejarse de todo. En casa de los abuelos Joan y Marta, imposible. Están a favor de que no se opere, y Reme creería que se ha cambiado de bando. Y lo mismo con los hermanos de papá. La abuela Rosi, aunque sufre, confía en la opinión de su hija y en sus ganas de que el nieto vuelva a ser «normal», y si fuera a vivir con ella, sería Tomás el que se sentiría traicionado. Los tíos Marcos y Sophie también creen que, si el doctor Casajoana lo ve viable, debe operarse, o sea, que también están descartados.

Pediría a Brenda y a su madre que lo acogieran, pero no quiere que Carla y Reme discutan. Y Silvio y Menta hace tiempo que solo le mandan algún mensaje de vez en cuando. No sabe ni si aceptarían que fuera a vivir con alguno de ellos.

Vaga por las calles y, aunque camina, le parece que se desliza con el *skate*, porque solo está atento a sus pensamientos y a no chocar con nadie. Se está acostumbrando a no tener demasiado contacto con las multitudes. En el instituto le han permitido que continúe el curso a distancia. Lo apuntaron a un programa de estudios secundarios oficiales por internet y más o menos va manejándose con todas las materias. El seguimiento y los exámenes los hace una profesora que le han mandado a casa, Laura, una mujer tranquila con la que se limita a hablar de estudios.

Reme quiere que lo operen lo antes posible, porque está en cuarto de ESO y, mientras apruebe justito, puede pasar de curso para hacer bachillerato o un ciclo formativo sin problemas. Cree que debe llegar al próximo curso con el tema «solucionado». Como si fuera tan fácil...

Linus se mea y no tiene más remedio que entrar en un local de comida rápida donde nadie le dirá nada si utiliza el lavabo sin consumir. Pese a llevar la capucha, encoge los hombros para pasar desapercibido. Su caso, lejos de olvidarse, ha tomado más protagonismo porque alguien ha filtrado la posibilidad de una operación. Por suerte, los medios de comunicación no se han enterado del enfrentamiento entre sus padres, porque si no, el mal sería absoluto.

Una vez dentro, se encierra en un lavabo como si quisiera cagar. Cuando sale, cruza la mirada con un par de adolescentes que le reconocen. Antes de que puedan decirle nada, Linus sale a toda velocidad, como si hubiera atracado un banco, cruza el local apresurado, con la vista clavada al suelo, y, una vez en la calle, inicia una carrera que detiene a los pocos minutos, cuando cree que ya está bastante lejos. No tiene ganas de correr, solo de andar. El problema es hacia dónde.

Cuando empieza a valorar dormir en la calle, quizá en la parte trasera del Parque Güell, en la zona de bosque donde tantas veces ha ido con Silvio y Menta para beber tranquilamente, de repente, sabe a quién acudir. Coge el teléfono y llama a Liliana. No vive lejos. Pero Liliana no le contesta y Linus cuelga. Diez minutos después, cuando ya empieza a subir hacia el Parque Güell y siente el cansancio de toda la tarde caminando, la chica le llama y le dice que le espera.

Hace muchos años que no entraba en el piso donde vive su prima con sus padres: Magda, hermana de su padre, y Pau, su marido. Aquella tarde, Liliana está sola y Linus se alegra.

–Ven, estoy terminando de arreglarme.

Linus la sigue hasta la habitación. La chica va muy maquillada y se ha teñido el pelo de color azul. Sobre la cama hay un montón de ropa extraña y coloreada.

–Venga, me ayudarás a elegir. Y después te vienes conmigo.

–¿Qué?

–Ya verás.

Le divierte que Liliana no le haya dicho ni «hola», ni tampoco le hace la típica pregunta de cómo está y cómo lo lleva. La chica se viste con unas botas negras, una falda corta de cuadros con el borde azul, una camisa gris sin mangas, una corbata de color azul y unas mangas largas negras hasta medio brazo.

–¿Qué? No me mires así. ¿No sabías que soy otaku?

Linus sabe por Menta que la gente que se define como otaku son seguidores de la cultura japonesa: manga, anime, comida oriental, videojuegos e incluso música. El chico comprende que Liliana va vestida de *cosplay*, con el disfraz de algún personaje que Linus no sabe identificar.

–Tengo ensayo de mi grupo de *vocaloid*. Vente. Te reirás. Yo soy Hatsune Miku. Solo me falta la peluca. Un día me la compraré.

Liliana le cuenta que el *vocaloid* es un programa que sintetiza voz con el que graban canciones. Basta con ponerle la letra y la música y el programa genera la voz. La cantante más conocida es el holograma de una chica, Hatsune Miku, precisamente. A Linus le pilla por sorpresa que a Liliana le guste este mundo, pero no dice nada. ¿Quién es él para juzgarla? Por primera vez ve a una chica diferente, risueña y divertida, en lugar de la lechuga insulsa y muda que siempre se había mostrado. Además, le ha pedido que los grabe. Preparan una coreografía para un concurso y quieren ver qué tal les está quedando y aprovechar para compartirlo en redes.

La sigue hasta un centro cívico para jóvenes donde tienen una sala reservada. Allí los esperan otras tres chicas y un chico, todos vestidos con la misma estética. Liliana los presenta:

–Mi primo preferido, Linus, sí, el que sale en todas partes. Está bien y todo eso. No hace falta que hablemos de temita. Sandra, Vero, Lullaby y Jose. Hoy nos hará de cámara.

Linus saluda, contento de poder distraerse con una actividad totalmente inesperada. Y también agradece a Liliana que no haya escondido quién es y, al mismo tiempo, que haya evitado hacer un tema de su identidad.

El grupo de amigos se pasan la hora que tienen reservada bailando una canción pop cantada por el holograma una y otra vez. No tienen ninguna gracia especial, pero disfrutan como enanos. Y ríen. Se ríen muchísimo. Desde Fin de Año, Linus no veía a nadie reírse tanto. Debe reconocer que, pese a cómo terminó la fiesta, al principio se lo pasó en grande con Silvio y Menta en su casa, y ahora que ve la complicidad entre los cinco amigos, añora a los suyos. Y le duele que no se hayan esforzado más, o más bien nada, para estar con él.

Cuando terminan, se quedan en el patio del centro cívico hablando un rato. Le caen bien. Y Lullaby le dice que van al mismo instituto, ella a un curso más que él. Cuando se quita la peluca, debe admitir que su cara le suena. Tiene el pelo rubio y corto, pecas y unos ojos color avellana, brillantes, que le miran con simpatía y cierta sorna. Pero el suyo es un instituto muy grande y nunca han coincidido.

–Allí paso de vestir así. Y voy más a mi bola. Yo a ti sí que te tenía visto. Tus rizos panocha son la bomba.

–Ay, mi primo, famoso antes y más famoso ahora.

–Ahora estudias desde casa, ¿no? –le pregunta Lullaby.

Linus les dice que sí, pero no alarga la conversación; todos se dan cuenta de su incomodidad y se lo ponen fácil. Jose le ayuda.

–¿Sabes por qué esta se llama Lullaby?

–No.

–Tú crees que nosotros somos unos frikis...

–No –se excusa Linus.

–Sí, hombre. Lo somos. Nos mola la cultura dispersa. O sea, todo lo que no es típico: juegos de rol, cultura japonesa, juegos de mesa y blablablá. Pero a los padres de Lullaby siempre les ha molado mucho un grupo antiguo de un tío que cantaba con la cara maquillada de blanco, The Cure. Bueno, creo que aún existe. Y la canción más famosa del grupo se llamaba así. O sea, que no me extraña que ahora vaya de ese palo.

–Mis padres dicen que esto del *vocaloid* no es música, es basura. Pero paso.

–Y los míos, ni te digo –salta Liliana.

El tono seco con el que contesta Liliana sorprende a Linus. Magda y Pau, los padres de Liliana, son una pareja bastante convencional. Pero Linus los tiene por buena gente.

Se hace tarde y Linus acompaña a Liliana a casa. De camino, le cuenta su situación. Y lo hace abiertamente, como nunca lo ha hecho con nadie. Las palabras salen a borbotones sin que pueda detenerlas.

–Ahora mismo quisiera desaparecer. No digo morir. Digo desaparecer. No sé qué hacer ni por dónde tirar. Ni si tiene sentido estudiar. Operarme. O dejarme de operar. Y cuando pienso en todo lo que se han dicho mis padres, me echaría a llorar como si fuera Isolda. Qué suerte tiene de poder hacerlo siempre que le dé la gana. Por las noches no duermo. Y alguna vez me cuesta respirar.

Liliana le escucha en silencio. Le recuerda a Brenda, pero diferente. Con Brenda también puede sincerarse, pero nunca lo ha hecho de una forma tan cruda. Quizá la vida le está aflojando la coraza. O quizá su prima, que le ha cogido tan por sorpresa, con sus rarezas y su compañía, sin juzgarle ni preguntarle, se lo ha puesto muy fácil.

–¿Te puedo decir una cosa? –le dice Liliana.

–Sí.

–No lo sabe nadie de tu familia, pero voy a terapia. A un psiquiatra. Y también a una psicóloga, por cosas de la comida. Ahora estoy casi curada. La comida me daba asco. Yo me daba asco.

–¿Anorexia?

–La palabra me suena tan típica que me da rabia y todo. Pero sí. Eso, anorexia. A mis padres les da vergüenza contarlo. A mí no. Yo paso. Pero con los abuelos y los tíos me callo porque a ellos no les gusta que diga nada.

–¿Y por qué te pillo la anorexia?

–Soy un caso supertípico. Superexigente con los estudios. Autoestima baja. Y encima tengo unos padres que quieren que sea A, aunque yo quiera ser B.

–¿Y ahora mejor con ellos?

–Un poco. Ellos no entienden lo de hoy, mis amigos, el mundo otaku y esas cosas, pero a mí me encanta. Voy al conservatorio y estudio violín, y también hago esto tan friki que me hace feliz. Al principio, mis padres me decían de todo; pero cuando vieron que me ayudaba a estar bien, se callaron.

Llegan al portal de casa de Liliana y la chica le propone que se quede a dormir. A Linus le parece buena idea y manda un mensaje a Reme para que esté tranquila.

Cenan con los tíos y el rato pasa rápido, porque Magda y Pau se lían a hablar de política mientras miran las noticias y, como piensan muy diferente, terminan discutiendo, pero lo hacen de una manera poco seria, para divertirse.

Luego preparan la cama nido de la habitación de Liliana para que Linus duerma. El tío Pau le ha dejado un pijama, y Linus no sabe si cambiarse allí o en el baño. Hace el gesto de irse al lavabo.

–Adónde vas, tonto. Puedes cambiarte aquí. Si quieres, me doy la vuelta y no miro. Pero no me importa tu cola.

–A mucha gente le da cosa...

–Ya ves...

Linus se quita la camiseta y el pantalón. Liliana también se cambia delante de él, y cuando ve el pañuelo envuelto alrededor de la cintura, le habla con naturalidad:

–¿La llevas escondida ahí debajo?

–Sí...

–¿Y duermes así?

–No. La dejo ir.

Linus se desata el pañuelo. La cola se libera. Linus la maneja a derecha e izquierda para desentumecerla. Liliana mira con curiosidad, pero su mirada no le molesta.

–Puedo... ¿Me dejas tocarla? Es una flipada.

–Sí... Te la regalo, ¿la quieres?

Liliana sonríe, cómplice. Toma la cola con delicadeza con la mano derecha y desliza uno de los dedos de la mano izquierda por su superficie.

–Es suave. Y el color es increíble. ¿Son escamas?

–Sí... Me haces cosquillas.

Liliana ríe y tamborilea los dedos de la mano izquierda por encima de la cola. Linus se ríe y se aparta.

–Anda, déjame.

–No me ha dado cosa.

–A ti no. A los demás les he visto la cara.

–Que se vayan a la mierda. ¿Crees que a mí no me pasa cuando voy vestida como hoy?

–Ya, pero tú la peluca y el vestido te los quitas y ya está. Yo no.

Se acuestan y apagan la luz, y todavía hablan un rato. Linus, ahora que ha empezado, siente la necesidad de vaciarse. Le explica que, a pesar de sus dudas y de la postura de su padre, quiere operarse. Ella es la primera persona que ve la cola y que actúa con normalidad, pero sabe que es excepcional y no quiere vivir aguantando la mirada de los demás. Esa mirada. La mirada de extraño actual y futuro. De monstruo. No quiere. Sabe que va a acabar cayendo en una depresión o encerrado en casa. Le pide consejo a su prima.

–No sé, Linus. Eres tú. Tienes que hacer lo que quieras. Yo ya te lo he dicho: a mí no solo no me ha dado asco, me ha gustado. Pero, tío, entiendo que es un marrón. Y la gente es como es. Me he tragado todas las noticias que hablan de ti. Tela.

–Sí.

Callan y a los pocos minutos se duermen. Linus sueña con una peluca azul. Y no sabe si le gusta.

12

Por la mañana se levantan temprano. Sus tíos trabajan y Liliana debe ir al instituto. Linus le da las gracias por haberle acogido y por cuidarle. Antes de irse, Liliana le enseña el regalo de Reyes de sus padres: un violín eléctrico de color azul.

–No tenía ni idea de que existían los violines eléctricos. Guitarras eléctricas, sí. Violines, no.

–Es lo mismo, pero en violín. Puedo ensayar con auriculares. Y suena que flipas.

–¿Y tocas música clásica?

–Es para tocar pop, jazz, rock... Yo toco las canciones de Twice o Wanna One ...

–¿Quién?

–Grupos de pop coreano, *K-pop*. Cuando les dije a mis padres que quería un violín eléctrico, casi se desmayan. Al igual que cuando les conté que lo quería para tocar música pop coreana. Pero al final no han tenido más remedio que aceptarlo, porque es lo que voy a hacer. Y el día de Reyes, la que casi se desmaya soy yo cuando me dieron el regalo. Es de los más baratos, pero vale una pasta.

Linus le promete que un día irá a uno de sus conciertos, y Liliana le hace prometer que le llamará siempre que quiera. Se despide de los tíos, da un abrazo a Liliana y vuelve a casa.

Reme ya se ha ido a trabajar, y tiene el piso para él solo hasta la tarde. Estudia, come y escucha música coreana en Spotify. No le gusta nada, pero le divierte. Piensa que tiene que presentar a Liliana a Silvio y a Menta. Se caerán bien. Y, en vez de dejarlo para otro día, escribe en el grupo del Club de los Gandules que ha descubierto que tiene una prima otaku y que un día la llevará a una quedada. También pregunta qué tal por el instituto, y los demás le responden que un palo. Pero charlan como han hecho tantas veces, y Silvio le dice que pasarán a verle esa semana y que le llevarán apuntes. Menta se cachondea sobre el trabajo que les supondrá preparar los apuntes, y cortan la conversación porque el profesor de Matemáticas se ha dado cuenta de que Menta y Silvio están usando el teléfono en vez de atender a la clase.

Cuando Reme vuelve, no lo hace sola: va con Tomás, y ambos le piden que se siente con ellos en el comedor. Tienen que hablar. Algo ha cambiado. Linus escucha cómo le piden perdón por cómo se han comportado en los últimos días. Le han hecho daño y se han hecho daño, y se lo dicen. No quieren causarle más dolor, y le aseguran que todo está bien entre ellos. Es Tomás quien le plantea lo que han acordado.

–Linus, ya sabes lo que pienso de la operación. Pero también entiendo por qué te quieres operar. Y tienes razón. Es tu vida. Es tu cuerpo. Aunque pienso también que es demasiado pronto. Solo hace unas semanas que te ha salido la cola, y tu cuerpo puede volver a cambiar. Y además, los médicos tampoco acaban de ver claro qué es y cómo funciona. Te proponemos que lo pospongas unos meses. Y que en verano volvamos a hablar y vayamos viendo cómo va. Esperemos. Para entonces, los médicos habrán podido estudiar más tu caso, y si entonces todo sigue igual, aunque no saltaré de alegría, no pondré ningún obstáculo para que te operes. Ya tendrás dieciséis años, y ya te digo que no te pondré ningún problema.

–Hablaremos con la doctora Santiago y con el doctor Casajoana para que se coordinen. Y les pediremos que todas las pruebas vayan dirigidas a la operación. Queremos que encuentren la mejor manera de hacerlo. Hay tiempo –sigue Reme.

–¿Podrás esperar? Si quieres, puedes seguir estudiando desde casa –le pregunta Tomás.

–Sí –murmura Linus–. Gracias...

Se conmueve y se le rompe la voz. No llora porque se aguanta, hasta que deja de aguantarse. Y unas lágrimas brillantes como pequeñas piezas metálicas caen mejillas abajo. Son lágrimas de alegría y de alivio. Se sorprende a sí mismo y se tapa la cara con las manos. Reme le abraza y Tomás le coge una mano.

–Llora, hijo, llora. Llorar hace bien. Tendríamos que llorar más.

Linus llora hasta que ya tiene suficiente. No ha sido un llanto demasiado largo, pero no necesita más. Se seca la cara y les dice que le parece muy bien lo que le proponen. También le parece bien seguir estudiando desde casa. Quiere sacarse el curso, y si lo hace a distancia, se concentrará mejor. Le dice a Reme que hable con su amiga Carme, del Aula del Estudiante, por si le puede buscar un par de profesores particulares, uno para Matemáticas y otro para las lenguas. Quiere hacer el bachillerato de Ciencias Sociales, para poder estudiar Historia, y necesita pegarle caña. Sus padres le miran, exultantes, y se comprometen a darle todo el apoyo del mundo.

Ese mismo día comienza su nueva vida, y todavía dedica un buen rato a estudiar. Le cuesta, se desconcentra y piensa en todo lo que le han dicho sus padres, pero se pone de nuevo. Por la noche, Isolda lo llama con el teléfono de Tomás.

–¿No vendrás más a cuidarme? Yo quiero que vengas...

Al día siguiente pasan la tarde juntos, jugando al bingo de insectos, y Linus pesca a Isolda haciendo trampas hasta tres veces, y la niña se monda de risa.

Poco a poco, todo vuelve a su sitio. Un lugar diferente pero plácido. Solo siente de nuevo inquietud cuando el equipo de la doctora Santiago hace una rueda de prensa por expreso deseo de Reme y Tomás. Exponen el caso de Linus sin decir su nombre y hacen un llamamiento a la comunidad científica para que los ayude. Comunican que la familia exige intimidad y respeto por el chico, especialmente por parte de los medios de comunicación. No concederán ninguna entrevista ni responderán llamadas ni mensajes, y mantendrán el anonimato para no perturbar la vida de su hijo. Finalmente, anuncian que emprenderán acciones legales hacia cualquier persona que difunda imágenes suyas.

El caso se comenta en todas partes, y la opinión general oscila entre el respeto y las ganas de cotillear. Pero, a los pocos días, nadie habla de ello y el silencio parece que se mantiene de forma definitiva.

Linus retoma el contacto con Silvio y Menta. Y también con Brenda, a la que pide que le hable de Juanda. No quiere que sea un tabú en su amistad. Y cuando, poco después, la amiga le dice que han cortado pero que no quiere empezar nada ni con él ni con nadie, Linus lo entiende. El amor que siente todavía está ahí, pero más atenuado. Ha empezado a quedar con Liliana y sus amigos y se ha convertido en su fotógrafo y cámara particular, y acude a todos los ensayos y concursos a los que se presentan. El mundo de sus nuevos amigos no es el suyo, y Linus viste como siempre, pero poco a poco va comprendiendo y enganchándose al nuevo universo y empieza a escuchar pódcast sobre historia y arte de Japón y Corea. Y es él quien empuja a Liliana a actuar vestida de *cosplay* con su violín eléctrico.

Una tarde que juega en línea con Silvio y Menta, les dice que está pensando volver al instituto y pregunta su opinión. No lo ha hablado con sus padres todavía.

–Guay –responde Menta.

–*Chill* –responde Silvio.

–¿Creéis que la gente me va a machacar mucho?

–Si lo hacen, les damos de leches –dice Menta–. Da pereza, pero lo haremos.

–A saco –añade Silvio–. Pero no creo, tío. La gente nos pregunta por ti. Y en el grupo de WhatsApp de la clase hace mil años que nadie habla de tu cola.

Por la noche, Linus se lo dice a Reme, y la mujer le mira con temor.

–¿Estás seguro?

–Mamá, estoy harto de estar en casa. Si veo que la gente me toca las narices, ya veré qué hago. Siempre puedo volver a estudiar en casa.

–Vale, pero con una condición. Quiero que me cuentes cómo te va. No me escondas nada. Nada. Si alguien se mete contigo. Si te hacen la vida imposible... Sé cómo funciona, y esconderlo no te ayudará.

–Sí, mamá, te lo contaré –se compromete Linus.

El primer día que vuelve al instituto, se levanta nervioso. Nada más abrir el móvil, se encuentra un mensaje de Brenda deseándole suerte. Y otro de Liliana con un vídeo. Pulsa *play*. En el vídeo, Liliana va vestida de Hatsune Miku, con una peluca con dos largas coletas de color azul, como la cantante holograma, y sostiene el violín y el arco. Le pide que escuche y empieza a tocar una canción alegre y popera, que podría pasar por una canción de *K-pop*. Al final del vídeo, Liliana habla a cámara:

–La he compuesto para ti. Se llama *Violines eléctricos*. Esto es lo que somos tú y yo. Raritos que molan. Y a quien no le guste, que se aguante. Que vaya bien por el instituto. Primito, te aviso: si alguien te cabrea, le asesinaré clavándole el arco del violín.

Menta y Silvio le esperan en la puerta para ir juntos al instituto con el *skate*. Se ofrecieron ellos mismos. Se deslizan por las calles hasta que llegan a la puerta del centro. La mayoría de chicos y chicas le miran con curiosidad. Alguien le saluda y le da la bienvenida.

–Tío, es tu cabeza de panocha, no la cola. No puedes atracar un banco, te identificarían al momento –se burla Silvio.

La mañana va bien hasta que, en un descanso entre clase y clase, un grupito de alumnos de segundo de bachillerato le piden que les enseñe la cola mientras le gastan bromas de mal gusto. Linus intenta no hacerles caso, mirando hacia otro lado, y de repente dos de ellos intentan bajarle los pantalones. Silvio y Menta actúan como dos guardaespaldas enfurecidos y se abalanzan sobre los chicos. La gente grita a su alrededor, algunos pidiendo que se detengan y otros sencillamente pegando gritos. Con la pelea y el forcejeo, el pañuelo se desplaza y la cola se hace visible. Todos se quedan mirándola, sorprendidos. Una profesora aparece, alertada por otros compañeros, y exige que todo el mundo regrese a las aulas. Linus vuelve a ocultar la cola bajo el pañuelo y entra en clase. A última hora del día, la directora pasa clase por clase y amenaza con expulsar a cualquier persona que insista en burlarse de Linus.

Por la tarde acude al centro cívico con Liliana, Sandra, Vero, Lullaby y Jose, y les cuenta el incidente. Los amigos le escuchan y maldicen a los chicos que se han metido con Linus.

–¿Sabes qué hice un día que un tío del metro se quiso meter con nosotros? Cuando nos acercábamos a la estación, me saqué la peluca, se la puse en la cabeza y le hice una foto. Así, pim pam pum. Él estaba sentado y yo iba de pie, y lo pillé sin tiempo de reaccionar, y salimos por patas del vagón –explica Lullaby, divertida, meneando la cabeza para darle movimiento a la peluca lila.

–Fue brutal –rememora Jose, que va vestido de color verde de arriba abajo.

–Y volvería a hacerlo –dice la chica, risueña y decidida.

Linus la mira encantado. Y entonces lo tiene claro. Se deshace del pañuelo y libera la cola. Los amigos aplauden.

–Ya era hora, primo –le dice Liliana–. Estás en entorno seguro.

–¡Ya sé quién eres! Valiente, atrevido y con cola... –salta Lullaby, entusiasmada–. ¡Songoku!

–¡Tienes razón! –grita Vero.

–¡Cómo no hemos caído antes! –ríe simpático Jose.

A Linus le gusta y le divierte la semejanza, y se lo toma como un cumplido.

Cuando termina el ensayo, vuelve a esconder la cola. Pero al día siguiente, nada más entrar en el instituto, deja la sudadera en la taquilla, y también el pañuelo. La cola le sobresale por la cintura del pantalón, pero como no lleva cinturón, no le molesta. Anda hasta el aula aparentando tranquilidad. Va solo y atraviesa el río de gente sintiéndose desprotegido. Respira rápido. Toma aire y lo expulsa. Toma aire y lo expulsa. Toma aire y lo expulsa. Todo el mundo le mira, pero al momento disimulan. Ve cómo se dan codazos y comentan lo que acaban de ver. Pero nadie se mete con él. El aviso de la directora ha surtido efecto. Y quizá también notan que se ha hartado de esconderse.

Cuando entra en clase, la profesora de Catalán lo mira sorprendida, pero no dice nada y pide a todos que se sienten en silencio y empieza con una nueva lección de sintaxis. Linus no retiene nada de lo que dice. Ni tampoco de ninguna de las demás materias. Solo se centra en él y en lo que está haciendo, preso de una excitación nerviosa que le atrapa. A la hora del recreo de media mañana, Lullaby acude a buscarle. Se lo encuentra toqueteando el móvil en un rincón de la biblioteca. Ha mentido a Silvio y a Menta diciéndoles que quería repasar apuntes para un examen. Los amigos saben que no es verdad y que solo necesita un rato a solas, y le han dejado estar. En la biblioteca están solos y pueden hablar tranquilos. La chica le saluda con una carcajada.

–Vengo a ver a mi Songoku.

Linus está a punto de mentirle, pero la chica le mira y se da cuenta de que algo no va bien y le coge la mano.

–Eh –le anima.

–No sé si aguantaré toda la mañana, Lullaby...

–¿Por qué? ¿Te han vuelto a cabrear?

–No. Al contrario. Todo es tan normal que me pongo nervioso.

De repente, la chica estalla en carcajadas.

–¿Qué ocurre? –pregunta Linus, intrigado.

–¡Te encanta ser un friki!

–¡No!

–¡Sí! Te encanta ser un friki, y ahora que tu cola ya no es friki y todo va bien, estás de los nervios. ¡Pues te aguantas!

–¿Tú crees que es eso? ¿Que la mañana ha ido demasiado bien? –pregunta Linus riendo, contagiado por el buen humor de la chica.

–¡Totalmente! Ya no te mola ser normal.

Los dos acaban riendo y mirando vídeos de la serie *Dragon Ball*, cuando Songoku aún no había crecido y todavía tenía cola, hasta que les toca volver a clase.

Cuando llega a casa, se mira en el espejo del ascensor fijamente, como si quisiera conocer a esta nueva persona que ahora es y que le resulta desconocida y, a la vez, muy cercana. Por la calle ha vuelto a esconder la cola con el pañuelo, pero en el instituto ya no lo hará más.

Una noche que salen juntos, Lullaby le da un beso que le coge por sorpresa y se enrollan. Al día siguiente, quedan para hablar, aunque antes se dan unos besos largos en los labios, en el cuello y en las orejas.

–Me gustas, Songoku... –confiesa Lullaby–. Para mí, lo de ayer no fue el rollo de una noche.

–Para mí tampoco –responde Linus, emocionado de oírse decir lo que pensaba que no podía decir a nadie que no fuera Brenda. Y lo que más le sorprende es el momento. Que lo que empieza a sentir por Lullaby sea correspondido de una manera natural y preciosa, a pesar de todo. A pesar de su cola. A pesar del sufrimiento pasado. Aunque también comprende que, sin lo vivido, no estaría donde está: su prima Liliana y él no se habrían conocido tanto, y Lullaby y él no habrían coincidido. Que no le desea a nadie que pase por lo que él ha pasado y, a la vez, no quiere estar en ningún otro lugar, sabiéndose cerca de esta chica que le mira con ojos dulces y burlones. Que le reta y le emociona. Que le quiere.

Lullaby estudia muchas horas. Quiere sacar muy buenas notas porque el próximo curso tiene la selectividad y quiere entrar en Ingeniería Biomédica.

Linus también está muy concentrado estudiando, y Reme le toma el pelo.

–Quizá descartemos la operación. Es evidente que esta cola te ha convertido en un chico mutante. Ya no sé dónde está el gandul que pasaba de estudiar.

–Ay, mamá, no te flipes. Saco notas justitas.

–No me digas... ¿Y el siete que te pusieron en Geografía e Historia?

Linus sonríe. Le gusta ver a su madre de buen humor. Y aún le gusta más que hable de la cola nombrándola sin más. Debe admitir que Reme tiene razón. Se ha convertido en un estudiante más que pasable. No saca notas brillantes, pero los suspensos han quedado olvidados. Y quizá porque está tan centrado en vivir, no se da cuenta. Es la doctora Santiago quien se lo hace notar en la siguiente revisión. Inspecciona la cola con ademán serio y llama a otro médico para que la ayude a hacer un raspado de la superficie.

–Las escamas han cambiado. Parece que se estén deshidratando.

Las analíticas lo confirman. El nivel de hidratación de la cola es bajísimo, y los médicos se alarman. Vuelven a hacerle pasar por un calvario de pruebas médicas y, finalmente, los reúnen para proponerles operarlo. Durante los últimos meses han intercambiado opiniones y nuevas informaciones con otros equipos médicos del país y de todo el mundo, y ahora se sienten más seguros.

–De todos modos, los riesgos están ahí. No podemos asegurar con certeza que Linus no sufra efectos no deseados. Pero si es necesario operar, ahora es el momento.

–Vale, vamos –responde Tomás para dar su conformidad.

Linus no se lo esperaba. Por fin ha llegado el momento. Se pasa la noche en vela. Al día siguiente, lo ingresan y le cuesta conciliar el sueño y solo consigue descansar un par de horas. Por la mañana, Lullaby le envía un mensaje para decirle que está en la puerta de su casa para desearle suerte. Linus baja y se dan un beso larguísimo. La chica le trae un regalo, una caja con las bolas de cristal del cómic *Dragon Ball*, dentro de un estuche rojo.

–Aunque ya no tengas cola, siempre serás mi Songoku, jovencito y sexy –murmura la chica, divertida.

–De hecho, Songoku perdía la cola cuando se hacía mayor, ¿no? –recuerda Linus, divertido.

Todavía se dan unos cuantos besos más, cálidos e íntimos, hasta que se despiden. Linus sube a su casa con el regalo, feliz y sonriente. Lo mete en el bolso que prepara para ir al hospital, y Reme y él piden un taxi que los lleva hasta el Hospital Clínic, donde los esperan Tomás y el equipo médico. Dejan el equipaje en la habitación y los enfermeros comienzan a prepararlo. Linus se siente mareado, pero piensa que el ayuno tiene la culpa. Desde la cena no le han permitido comer, y no está acostumbrado. Pero el mareo va en aumento y se siente cada vez peor. No quiere preocupar a nadie y se calla, hasta que unas arcadas incontenibles lo atacan, y vomita lo poco que le queda de la cena y grita asustado:

–No puedo respirar.

Echan a sus padres de la habitación y le atienden de urgencia. No le encuentran nada y la doctora Santiago da la orden de inyectarle un sedante suave. Linus se tranquiliza y la doctora pide que los dejen solos.

–Has tenido un ataque de ansiedad. Del resto estás perfecto. Linus, ¿quieres que sigamos adelante con la operación? Podemos posponerla si necesitas tiempo para decidirlo. La cola se está deshidratando y no sabemos si puede afectarte al resto del cuerpo, pero por ahora estás bien. ¿Qué quieres que hagamos?

Las palabras de la doctora le quitan el peso que no le dejaba respirar. Pero le sabe mal decepcionar a sus padres.

–¿Y no pasa nada si hoy no me opero? Está todo preparado, y mamá y papá...

–Linus, eres tú quien elige, no tus padres. ¿No es lo que decías? Es tu vida y tu cuerpo.

Linus toma aire y lo dice:

–No quiero operarme. Ni hoy ni nunca. Estoy bien. Y no quiero jugármela.

La doctora aprieta la mano de Linus y le da un beso en la frente. Sale a hablar con Reme y Tomás y les comunica la decisión del chico. Deciden volverse a casa y la doctora les dice que Linus tendrá que pasar un control diario a lo largo de una semana. Sus padres entran en la habitación y lo abrazan.

–Perdón... Creía que quería... –se disculpa Linus, abrumado y avergonzado.

–No pasa nada, hijo... No pasa nada... Tienes razón: no hace falta que te la juegues... –le consuela Reme.

–La doctora dice que no suframos, que te irán vigilando. Vámonos a casa –responde Tomás.

Se queda en casa durante una semana. Todos los días a primera hora, se acerca al hospital y el control muestra que la deshidratación de la cola va en aumento, pero que el proceso se limita única y exclusivamente al apéndice.

–Se está secando –concluye la doctora–. Vayamos viendo lo que pasa.

La cola toma un color gris mineral y pierde viveza. Un día, Linus la nota dormida y ya no puede moverla. Isolda va a verlo a casa y observa la cola, frunciendo la nariz:

–Parece una pasa.

–No pongas esa cara. ¡A ti te gustan mucho las pasas!

Isolda le besa la cola:

–Ponte buena.

Linus se ríe y le propone jugar al bingo de insectos. Isolda le dice que no. Ya hace demasiado que juegan, y se está cansando. Le dice a Linus que quiere jugar al póquer. Ha oído hablar del juego a Tomás y a Miriam, y quiere que Linus le enseñe a jugar. Linus lo intenta con una versión básica del juego y echan unas cuantas partidas y, en lugar de dinero, se juegan macarrones. Linus gana e Isolda lo mira enfurruñada.

–Qué morro. Tú sabes más.

Pero a los dos minutos se olvida y vuelven a jugar una nueva partida.

Al día siguiente, cuando se levanta, la ve. La cola se ha desprendido y yace sobre la sábana. Es un espectro de lo que era, seca, grisácea y encogida. Linus se palpa el coxis. Aún nota algo. Se mira al espejo y ve un pequeño bulto de color lila suave. Se lo dice a Reme y esta no da crédito. Y los médicos tampoco lo entienden. No tienen ninguna explicación para lo ocurrido. Pero le confirman que no debe preocuparse. Su salud es perfecta.

Lo visitan cada quince días hasta que, en junio, antes de terminar el curso, le dicen que ya no es necesario. Le piden que los avise si se nota cualquier cambio y le dan el alta. Cuando sale del hospital, llama a Lullaby y después a Liliana. Su prima se lo advierte:

–Eh, no te emociones. Siempre serás un rarito, friki.

Linus sonríe y le da la razón. Él no es normal, y le gusta. Ahora le encanta. Ya no sabe verse de otra forma. Y, como dice Liliana, a quien no le guste, que se aguante.

Luego coge el *skate*, sale a la calle, se desliza y no se detiene.